世界青少年大奖小说丛书

# 疯狂的夏天

One Crazy Summer

〔美〕丽塔·威廉姆斯·加西亚◎著
费方利◎译

未来出版社
FUTURE PUBLISHING HOUSE

图书在版编目（CIP）数据

疯狂的夏天/（美）丽塔·威廉姆斯·加西亚著；费方利译．—西安：未来出版社，2018.5
（世界青少年大奖小说丛书）
ISBN 978-7-5417-6553-7

Ⅰ.①疯… Ⅱ.①丽…②费… Ⅲ.①儿童小说—长篇小说—美国—现代 Ⅳ.①I712.84

中国版本图书馆 CIP 数据核字（2018）第 075509 号

ONE CRAZY SUMMER
by Rita Williams-Garcia.
Copyright © 2010 by Rita Williams-Garcia.
Simplified Chinese translation copyright:
© 2018 by Beijing Yilin Inspirational Books Issued Co. Ltd.
Published by arrangement with HarperCollins Children's Books,
through Bardon-Chinese Media Agency.
All rights reserved.
著作权合同登记：陕版出图字 25-2017-0170 号

## 疯狂的夏天
FENGKUANG DE XIATIAN

［美］丽塔·威廉姆斯·加西亚◎著
费方利◎译

| 社　　　长 | 李桂珍 |
|---|---|
| 总 编 辑 | 陆三强 |
| 总 策 划 | 唐荣跃　牟沧浪 |
| 执行策划 | 马　鑫　胥　珊 |
| 丛书统筹 | 柴　冕 |
| 责任编辑 | 雷露深 |
| 特约编辑 | 胥　珊 |
| 装帧设计 | 许　歌　吴思龙 |
| 内文插图 | 张君仪 |
| 技术监制 | 宋宏伟 |
| 发行总监 | 樊　川 |
| 出版发行 | 未来出版社 |
| | （西安市丰庆路91号　电话：029-84289199 84288355） |
| 经　　　销 | 全国各地新华书店 |
| 印　　　刷 | 湖南天闻新华印务有限公司 |
| 开　　　本 | 880 mm×1230 mm　1/32 |
| 印　　　张 | 6 |
| 字　　　数 | 119 千字 |
| 版　　　次 | 2019 年 5 月第 1 版 |
| 印　　　次 | 2019 年 5 月第 1 次印刷 |
| 书　　　号 | ISBN 978-7-5417-6553-7 |
| 定　　　价 | 26.90 元 |

版权所有　翻印必究（如发现印装质量问题，请与销售中心联系，电话：17710208320）

献给迟到的切娜·劳埃德，

尤其感谢玛丽哈娜、卡玛、艾弗和奥尼。

我陷入沉思，得活着，我们一定要活着。就像小鲍比，比起被人铭记，他宁愿活着；相比牺牲后以他的名字命名公园，他宁愿活着坐在公园里。

# 目录 Contents

1. 卡修斯·克莱云层 ……………………………… 1
2. 金门大桥 ……………………………………… 7
3. 特工妈妈 ……………………………………… 11
4. 绿色灰泥房子 ………………………………… 20
5. 刻薄的女人 …………………………………… 26
6. 对方付费的电话 ……………………………… 33
7. 为了人民 ……………………………………… 38
8. 一杯水的风波 ………………………………… 43
9. 割舍不断 ……………………………………… 49
10. 早餐活动 ……………………………………… 54
11. 地球也要闹革命 ……………………………… 59
12. 疯狂的妈妈 …………………………………… 65
13. 关于海洋之王 ………………………………… 69
14. 唱着啦啦歌涂色 ……………………………… 74
15. 边看边数 ……………………………………… 81
16. 大红年代 ……………………………………… 87

| | | |
|---|---|---|
| 17. | 混血男孩 | 94 |
| 18. | 黑人节目 | 99 |
| 19. | 自豪的公民 | 103 |
| 20. | 鲍比的集会 | 107 |
| 21. | 像吃了乌鸦 | 114 |
| 22. | 蜘蛛小可爱 | 120 |
| 23. | 活动的字块 | 124 |
| 24. | 旧金山之旅 | 129 |
| 25. | 好希望有相机啊 | 135 |
| 26. | 克拉克姐妹 | 142 |
| 27. | 我诞下一个国家 | 148 |
| 28. | 沉默的超市 | 153 |
| 29. | 荣耀之山 | 158 |
| 30. | 第三件事 | 163 |
| 31. | 那又怎样呢 | 171 |
| 32. | 永远十一岁 | 174 |
| 33. | 阿芙阿 | 180 |
| 致 谢 | | 185 |

# 1. 卡修斯·克莱云层

我们在飞机上,系着安全带,感觉还不错。要是没有安全带,在飞机起飞时,沃内塔肯定会被甩飞出去,弗恩也会被甩到过道上。我牢牢稳住自己和两个妹妹,确保不管发生什么,我们都能稳稳待在座位上。此时,我们乘坐的波音727还没有穿过云层,那些云像拳王卡修斯·克莱①一样,左右开弓地猛击着机身。

沃内塔尖叫一声,将拇指塞进嘴里。弗恩咬着帕蒂蛋糕娃娃的粉色塑料手臂。而我虽然害怕得要命,却得装出一副镇定的样子。

我深吸了一口气,安慰妹妹们:"不过是云层碰撞,和我们在底特律、芝加哥和丹佛上空遇到的情况一样。"

听我这么说,沃内塔将拇指从嘴里拿了出来,头趴在了膝盖上。弗恩则松开牙齿,抓住了帕蒂蛋糕娃娃。看来,我的话起了作用。

"我们冲向云朵,云朵不乐意了,想要将我们反推回去。就像你和弗恩为了抢夺红色和金色的蜡笔打起来了一样。"我并不知道云层是怎么冲撞的,但我必须得给妹妹们解释一下。沃内塔紧张时会尖叫,弗恩紧张时就会咬帕蒂蛋糕娃娃。我呢,得

---
① 卡修斯·克莱:又叫穆罕默德·阿里,是美国有史以来最伟大的黑人拳王。

发挥想象力，安抚她们，尽量让她们遵守飞机上的秩序。因为爸爸和奶奶最不想听到的就是：在三万英尺①的高空，我们在一群白人中间，给黑人丢尽了脸。

"你们知道的，如果飞机有危险，爸爸肯定不会让我们坐的！"

妹妹们对我的话半信半疑。我把柔软的塑料手臂从弗恩的嘴里拽了出来，这时，我们乘坐的波音727又一次被云朵击中，仿佛再次挨了一下拳王卡修斯·克莱的拳头，猛地震颤了一下。

我们的奶奶称呼拳王为卡修斯·克莱，爸爸称呼拳王为穆罕默德·阿里或者阿里。而我呢，则在卡修斯·克莱和穆罕默德·阿里之间自由切换。每当说起卡修斯·克莱时，我的脑子里想到的是拳头的冲击，就像飞机被云层冲撞时的感觉一样。而说到穆罕默德·阿里，便会想到大山——比珠穆朗玛峰更雄伟，没有人能击倒的一座山。

去机场的路上，爸爸看上去很轻松，但我却看出了他的心思。他不善于伪装，是一个简单的人。尽管让我们飞到奥克兰去看塞西尔是他的主意，但他从来没有说过我们的旅程会有多么激动人心。他只是说，该去看看塞西尔了——是时候做这件事了。他只是觉得我们应该看她而已，并不是他真的想我们去。

在加利福尼亚，我和妹妹整晚都没睡，梦想着世界另一端的样子。我们想象着自己驾着冲浪板飞跃狂野的海浪，从树上

---

① 英尺：长度单位，1英尺= 0.3048米。

摘橘子和苹果，还有我们在苏打商店里看到的电影明星为我们签名。更棒的是，我们还想象着一起去迪士尼。

快要到机场时，只见飞机从我们眼前起飞，直冲蓝天。每当飞机飞过头顶，留下灰白的烟幕，奶奶就会用手扇动周围的空气，不满地说："老天，怎么会这样啊？"

奶奶一直很安静，可只要到了航站楼，她就完全管不住自己的嘴了。她告诉爸爸："本来这话我不该说的，但我还是忍不住想说一说。来到艾德怀尔德，把姑娘们扔在飞机上，等下了飞机，塞西尔就能看到她们了。不是我说，如果她真想看，让她自己坐飞机飞来纽约啊！"

奶奶仍旧管机场叫"艾德怀尔德"——机场改名前的名字，尽管肯尼迪总统的脸被印在半美元上，但她却一点儿也不在意，她对以他的名字命名的新机场也毫不在意。她不是不喜欢肯尼迪，肯尼迪总统遇害时，她和大家一样伤心愤怒。只是类似机场名这样的变化，并不能引起她的注意。在她的脑子里，事情都是一成不变的，现在是这样，就会永远这样。艾德怀尔德永远不会是肯尼迪国际机场，卡修斯·克莱也永远不会是穆罕默德·阿里，塞西尔也永远只是塞西尔。

我不会责怪奶奶这样说塞西尔，其实我自己也不会原谅塞西尔。

塞西尔离开的时候，弗恩还没有断奶。沃内塔虽然会走路，但大多数时候需要人抱着。我呢，也只有四岁多。爸爸虽说身体健康，不过很多事情，他也做得不好。奶奶就是那时候从阿拉巴马赶过来看我们的。

虽然奶奶每天都有读《圣经》，却没有想过原谅塞西尔。对奶奶而言，塞西尔和《圣经》里所说的爱和谅解是两回事。奶奶对塞西尔完全是否定的态度。如果塞西尔来到爸爸家门口，奶奶根本不会去开门。话说回来，塞西尔也不会回到布鲁克林，事实上也没有人欢迎她来。坦率地讲，塞西尔离开后，即便事实证明奶奶的做法是对的，爸爸和我们也很难在塞西尔和奶奶之间做出选择。

不过，爸爸最终还是把我们送上了去奥克兰的飞机。

"你怎么能把她们送去奥克兰呢？奥克兰什么都没有，只有暴乱——那里的人都生活在水深火热中。"奶奶说。

爸爸礼貌地忽略了奶奶的意见。他在这方面做得很好，我不禁有些想笑。

广播里响起一个尖锐的声音：去奥克兰的飞机马上起飞！

这是我们第一次坐飞机，我们三个坐上了飞机就仿佛长了翅膀一般，很快就会到达布鲁克林的上空。想起我们即将飞上纽约的天空，世界的上空，我还能勉强保持镇定，而沃内塔和弗恩就像信仰复兴会上的圣灵降临派成员，兴奋得直跺脚。奶奶赶紧抓住她们的衣服，弯下腰，叮嘱她们："乖乖的。"

在候机室里，我习惯性地数了数，只有我、沃内塔和弗恩是黑人孩子。有两个穿着绿色制服的年轻士兵，看样子年纪和达内尔叔叔差不多。达内尔叔叔有一天身穿高中校服,头戴学校的帽子,四天后他将穿着军靴,接受基本的训练。有两个留着爆炸头的年轻女孩,看上去像是大学生。还有一位打扮得像杰基·肯尼迪的女士,拎着一个小小的椭圆形行李箱。

奶奶还在候机室里巡视了一遍,我知道她是担心我们被欺负,所以想找一个有色人种的成年人照顾一下我们。奶奶对爆炸头的大学女生嗤之以鼻,对另一位黑人女士倒是很有好感。这位黑人女士戴着方形太阳镜,衣着时尚,手里提着时髦的椭圆形包。奶奶和她眼神接触后,等我们排好队便对她说:"这是我的三个孙女,拜托你一路关照一下她们。"时髦的黑人女士友善地笑了笑。奶奶原本以为这位陌生人会像她的邻居一样对她说,"我会把她们当成自己的孩子。我保证会让她们乖乖的,不让她们惹什么麻烦。"然而这个黑人女士回应给奶奶的却是电影明星般的招牌式微笑,然后她却只顾着找自己的位置。

爸爸给了我一张纸,上面写着他上班地方的电话号码,我已经背了下来。他告诉过我,只有遇上紧急情况,才能给他上班的地方打电话,如果只是普通的问候就不能打。昨天晚上,他还给了我一个信封,要我放在行李箱里,信封里装着二百美元,都是十美元、二十美元的钞票。不过我并没把它们放进行李箱,而是在离开赫基默大街①前,把它们塞进了网球鞋里。一开始踩着这些钱,感觉有些奇怪,但是想着这样更安全,我

---

① 赫基默大街:位于纽约市布鲁克林区。

心里就踏实了很多。

爸爸亲了亲沃内塔和弗恩，叮嘱我照顾好妹妹。虽然照顾她们不在话下，但我还是亲了亲爸爸说："爸爸，我会的！"

取机票的队伍开始移动了。奶奶眼泪汪汪的，一把将我们拥入她宽松的紫绿相间的长袍里。"都过来让奶奶好好抱抱……"不用说，接下来她会为此后不能和我们亲吻拥抱而不停唠叨。那时，我想，如果换作是塞西尔，她不会和我们亲吻拥抱。

那些回忆在我脑海里就像黑暗中的幻灯片。许多的画面、气味和声音在我脑子里不停穿梭，大部分是很久以前关于塞西尔的。我记不清的部分，达内尔叔叔总会帮我补充。至少达内尔叔叔会好好记着塞西尔。

# 2. 金门大桥

我瞥了一眼我的天美时手表。姐妹三人中，只有我还戴着手表。沃内塔也有过手表，但一个女孩把她的手表要过去看，就怎么也不肯还给她了。弗恩太小了，还不会看时间，所以我把她的手表放在了我的抽屉里，准备等她大一点儿再拿出来给她戴。

从我们在肯尼迪机场与爸爸、奶奶拥抱吻别后，已经过去了六个小时三十分，波音727与云层融为了一体。我在飞机上尽情地呼吸着，开心地伸展着双腿，感到整个人都放松了不少。

这是十一岁的我第一次出远门。我的腿看上去很长，就像十二三岁，或者更大点儿的孩子。我脸上的表情总是很镇定，不会像九岁的沃内塔和七岁的弗恩那样总喜欢大惊小怪地"啊啊啊"尖叫。

厚厚的白云渐渐远离，飞机平稳地降落着。对讲机嗡嗡地响着，乘务员播报着我们所在的高度和飞机即将着陆的通知，还有十分钟我们就要着陆了。

这时，从广播里传来："我们正在金门大桥的上空盘旋，就在您左边的海湾。"

此刻的我，想要大声尖叫，就像遇到叮当小仙女的七岁孩子那样尖叫，不过我没有这样做。课堂上，我读过关于金门大桥的文章，知道关于加利福尼亚淘金热和中国移民修建铁路连接东西的事。而眼前的一切，竟然曾在课本里读过——这是多么难得的机会啊，突然我很想俯瞰金门大桥。

然而，我的座位在中间，无法俯瞰。其实，我是有机会挑选靠窗的座位的，姐妹三人中，我是第一个登机的，但我却没有挑选靠窗的座位！

我叹了一口气（我不会尖叫出声的），现在哭都没用。事实上，作为姐姐，我放弃靠窗的座位主要是为了安抚她俩的情绪。

唯一的方法就是：我坐在她俩中间。六个半小时感觉好长，沃内塔和弗恩坐在我的两边互相指责。奶奶要是知道了，肯定会骂我们给黑人丢了脸。

金门大桥渐渐离我远去，原本我以为我们三人中至少有一个人应该看看，而且是那个在课本上读过关于金门大桥的人。

"瞧，沃内塔，看底下的大桥啊！"

沃内塔倔强地蜷缩着，头埋在腿上："我才不看。"

当我向右转身时，弗恩的头发甩到了我脸上。她靠在过道的椅子上，说："我想看一下窗外，让她挪一下。"对弗恩来说，金门大桥就像是睡美人的城堡。她正处在对童话半信半疑的年龄，没必要让她的幻想破灭。过不了多久，她就会知道现实和童话的区别。

弗恩想要挣脱安全带，趴到我身上朝窗外看。在家时，她经常这样，没想到到了一千英尺的高空她还是这样。"弗恩，坐好，我们要着陆了。"我提醒道。

她噘着嘴，坐了下去。我扣紧她的安全带。沃内塔的头枕在我的腿上，真是太遗憾了！

"快看下面，沃内塔！不然来不及了。"我喊道。

沃内塔又恢复了之前的姿势，把拇指塞进嘴里，闭上了眼睛。

我不担心沃内塔。等飞机一落地，她马上就会活蹦乱跳，不再是一副胆小鬼的模样。

飞机一直在金门大桥的上空盘旋着，想看一眼金门大桥的念头在我脑海里挥之不去，每一次机身的转动，我就会提醒自己，这是我的最后一次机会了，而飞机下面的大桥似乎在唱着："哗啦啦，你看不到我。"

现在，我得看看这座大桥，我不知以后是否还有机会能够像这样在高空中一览金门大桥。我解开安全带，站起了身，靠在沃内塔的肩上，隔着椭圆的窗户朝外望去。显然沃内塔和弗恩生气了，她俩一起大喊着："戴尔芬！"

她们的叫声吸引了众人的目光。空姐立刻跑到了我们这边，责备地提醒道："小姐，请坐到自己的座位上，我们马上就要降落了。"

乘客们见状纷纷摇头，不时发出"啧啧"声。飞机上只有八个黑人，我刚才的举动，给我们种族抹了黑。于是我只好回到座位上，系好安全带。橘色的烟雾从厚厚的云层间蹿出来，飘了过去。

飞机下降得越来越快，我已经没有时间自责了。沃内塔抓着我的左臂，弗恩抓着我的右臂（她还抱着帕蒂蛋糕娃娃），我紧紧地抓住座位的扶手，祈祷我们能安全降落。

飞机刚着陆时，机身颠簸了一下，一直向前滑行，直到平稳地停了下来。

我们落地了！我们到了奥克兰！我深吸了一口气。

# 3.特工妈妈

那个提着椭圆包包的时髦黑人女士从我们面前经过时,看都没看我们一眼。奶奶之前对她的嘱托完全白费了。我倒不怎么在乎,不过要是奶奶问起,为了让她安心,我不会说实话,当然我也不能说太多,否则我就会露馅。

刚刚安全着陆,沃内塔又恢复了原来的样子,她好奇地问:"我们要怎么称呼她呢?"

之前收拾行李时,我就告诉过她们:"你就叫她塞西尔。如果有人问她是谁,你就说'她是我们的母亲'。"

母亲是一个客观的称呼。塞西尔·约翰逊生了我们,我们身体里流着她的血。出于这种血缘关系,她是我们的母亲。地球上的每一个哺乳动物都有母亲,死去的或者活着的,逃开的或者留下来的。塞西尔·约翰逊生下了我们,她还活着,却当了抛弃者。但这也改变不了她是我们的母亲这个事实。

当我们想有个母亲——不是她,而仅仅只是一个母亲时,我们会唱:"母亲要走了,啦啦啦啦……"我们从来不会亲昵地唱妈咪、妈或者妈妈。

比如:妈咪半夜起床给你端一杯水;下雨天,妈妈邀请你的朋友们到家里;班级照相的日子,妈妈为你卷头发,把你打扮得漂漂亮亮;妈妈为你洗衣晒衣,累得腰酸背疼筋疲力尽,到了晚上，妈妈需要好好静一静。

对我们来说，我们只有一个血缘上的母亲。

暂时负责照看我们的是一个红头发的年轻空姐。沃内塔、弗恩和我就站在她身边，等着塞西尔来接我们。空姐把她手里的纸条读了两遍，她看着出口处高挂的大钟，似乎等得有些焦急。其实她是可以走的，我和妹妹们根本不需要她的照看。

离我们几英尺的地方有一个身穿海军服的男人，正面无表情地打扫着。他把烟盒和口香糖包装纸扫到簸箕里，然后倒进大垃圾桶。要是让我像那样，跟在人群后面捡他们的垃圾，我肯定会很愤怒。人们为那些随意乱丢垃圾的人取了一个可爱的名字：垃圾虫。

乱扔垃圾一点儿都不可爱。我们不应该运用"小"① 同时来形容那些乱丢垃圾的人与"小狗"，这太不合情理了，垃圾怎么能和可爱的小狗比呢？我决定给梅利姆·韦伯斯特② 老师写封信，来谈谈这个词。和那些乱扔垃圾，没有素质的人相比，狗妈妈要高尚得多——不管狗宝宝的小乳牙有多锋利，它都会努力照顾它们。关于"小"这个词，韦伯斯特真不该这样写，她怎么会犯这样的错误呢？

"戴尔芬，我们怎么称呼她？"沃内塔又问了我同样的问题。她之所以不停地问，倒不是因为她急着要见到塞西尔，而是为

---

① 小：在英文里面，"垃圾虫"和"狗崽"都运用了"little"这个词。
② 梅利姆·韦伯斯特：美国畅销词典的作者。

了回忆起她此前经常练习的屈膝礼、微笑和打招呼。费恩和我则像渡渡鸟一样，愚蠢地站在一旁。

这时，一个大个子白种女人拍着手走到了我们跟前，就像我们是布朗克斯动物园供人观看的动物。"哦，天哪，看这几个可爱的洋娃娃啊！天啊，天啊！"她的声音就像在唱歌剧。

我们一句话没说。

"小家伙们都很有礼貌！"大个子白种女人说。

沃内塔特别活跃，很想好好表现一番。

那位女士打开钱包，拿出一个红色的皮质零钱包翻找着硬币，想给表现不错的黑人洋娃娃找到合适金额的硬币。奶奶一定会觉得应该接受这些硬币，而爸爸却认为即使是一分钱也不要随便接受别人的。

"我们不能拿陌生人的钱。"我说，声音里既有奶奶叮嘱的礼貌，也有爸爸叮嘱的强硬。

我的傲慢吓到了红发空姐，她连忙说："难道你不知道这是人家的好意吗？"

我装出一副听不懂的样子。

要是红发空姐在陌生人面前都不保护我们，那她就根本用不着在这里看护我们。

不用看，我就知道，沃内塔和弗恩一定把嘴噘得老高。不用理会她俩，不管怎样我们都不能拿陌生人的东西。

那位女士一直面带微笑，说话的声音尖尖的，"哦，太可爱了!"她把所有五分硬币都塞到弗恩手里,然后捏了捏弗恩的脸颊。这一切发生得太快,我都来不及反应,那女士就转身离开了,只留下了高大的背影。

沃内塔抓住弗恩的手,用力掰开,拿走了属于她的五分硬币。她们已经打算用这些硬币买糖果,是不可能交出来的。

空姐又看了看纸条,估计是站累了,她在原地活动了一下双腿。

周围的人,有的在原地等着,有的则来回走动着。爸爸没有留下塞西尔的任何照片,但我能感觉到,她模糊的身影总在我脑海里闪过,她个头高高的,肤色和我一样是巧克力色的。

这时,站在左边香烟售卖机的一个人吸引了我的注意。只见她一直在徘徊,似乎犹豫着要不要朝我们这边走。趁着她还没溜出机场,我赶紧告诉空姐:"那个人就是我们的妈妈。"

弗恩和沃内塔紧抓着我的手,既兴奋又紧张。沃内塔之前准备的背诵诗歌、跳舞和行屈膝礼,此刻因为紧张而无法施展。

空姐带着我们朝那人走去。到了跟前,她又把我们和这个陌生的女人隔开。这位空姐能允许一个高个子白种女人盯着我们看,允许她塞钱给弗恩,却犹豫是否把我们交给黑人妈妈。我有些生气,但转念一想也不能全怪她。这个女人的打扮的确让人生疑——大大的墨镜,头上绕着围巾,头顶斜戴着压住围巾的大帽子——是爸爸穿西装时戴的那种帽子。除此之外,她还穿着男人的裤子。

弗恩紧紧地贴着我。眼前的塞西尔看着更像是一个秘密特工，而不是一位母亲。但我知道她就是塞西尔，她就是我们的母亲。

"你是……"空姐展开皱成一团的纸条，"塞西尔·约翰逊吗？"她在名字和姓氏之间重重地顿了顿，"你是这几个黑人女孩的妈妈？"

塞西尔看看我们，又看看空姐。"我是塞西尔·约翰逊。她们——"她指着我们，"是我的。"

空姐想听到的就是这句。她扔掉纸条把我们交给了塞西尔，然后飞快地踩着高跟鞋走了。

塞西尔没有帮我们拿包包。"快走！"她说着就自顾自地向前走了两大步，我们赶紧跟着她走，然后她和我们之间的距离依然越拉越大。沃内塔不高兴地加快速度。弗恩一手拎着袋子，一手抱着帕蒂蛋糕娃娃，她没法走快。如果沃内塔和弗恩跟不上，我用不着走那么快，于是我放慢了脚步。

塞西尔走到玻璃门前，发现我们没有跟上，才转过身停了下来。等我们赶上来时，她说："你们要想跟上我，就得走快点儿。"

"弗恩需要帮助。"我告诉她。

"我才不要！"弗恩反驳道。

沃内塔接着说："我需要帮助！"

塞西尔弯下腰，面无表情地抓过弗恩的包带说："你们都得跟上。"说完，她又继续大步向前走。

我拉着弗恩的手，追赶着塞西尔。我们之间的距离渐渐缩小，但我们姐妹三个人还是和塞西尔保持着一定的距离。看起来，我们和她并不像一家人。

我们跟着塞西尔走出了机场，只见一排排白绿相间的出租车停在排队区等候顾客，塞西尔一辆一辆地查看着。她停在了第四辆出租车前，弯下腰，敲了敲车窗。这时戴着黑色贝雷帽的司机探出了身，点点头，打开了前门，说了句类似"兹拉"的话——我猜大概是这个奥克兰的黑人对塞西尔的昵称。

塞西尔打开后车门，说："上来吧！"

"我们的包可以放在——"

"姑娘，你要不要上车？"塞西尔打断了我。

沃内塔和弗恩愣住了，爸爸和奶奶虽然都有难处，但从未这样不顾及我们的感受。不过现在我没有时间生气，我得照顾沃内塔和弗恩，不能让她们掉队。于是，我带头拿起了包，拉着怀抱帕蒂蛋糕娃娃的弗恩一起上了车，沃内塔也拿起自己的包跟了上来。

车发动了，塞西尔和出租车司机都抽起了烟。要是换成爸爸，他才不会在车里抽烟。沃内塔开始咳嗽起来，弗恩的脸色也有些难看。我没有经过塞西尔同意，摇下了车窗。

一路上，我们都没说话，我望着车窗外的风景，偷偷地瞟了几眼塞西尔，还没来得及细想，司机就在离机场不远的地方让我们下了车。

"你住在机场附近?"沃内塔问。

"跟上!"塞西尔没有理会沃内塔。

一路上,她用帽子和墨镜挡住她的大半个脸,似乎不想让任何人看到她跟我们在一起。

这些女孩是谁?为什么不跟你住在一起呢?她是因为要跟人解释为何抛下三个女儿这些问题,觉得羞愧吗?

可别指望我们会同情她。在布鲁克林,我们也经常遭遇这样的问题。你妈妈在哪里?她为什么不和你住在一起?她真的不在了吗?

塞西尔把弗恩的行李箱放在公交车站的长凳上,然后坐了下来。

"我们为什么要坐公交?出租车为什么不载我们?"沃内塔问。

我担心塞西尔说刻薄的话,便对沃内塔"嘘"了一声。

根据我的天美时手表上的时间,巴士还有四分钟到。不久,车来了。塞西尔先让我们上车,并嘱咐道:"一直走,走到后面坐下来。"等我们找到座位,塞西尔还在和公交司机争吵,"不到十岁的乘车免费,我要转四次车。"

我已经十一岁了。"如果有人问,就说我十岁。"我对沃内塔和弗恩说。

沃内塔交叉着手臂。"啊,我还是九岁,我不想变回八岁。"她说。

弗恩说:"我也还是七岁。"

我示意她们小声点儿说话。要是被司机听到我们的谈话,知道我的真实年龄,那可就麻烦了。说实话,我真正害怕的不是司机,而是塞西尔。毕竟,接下来的二十八天,我们不用和司机待在一起,可我们得和塞西尔住在一起。

# 4. 绿色灰泥房子

奶奶说塞西尔住在大街上。公园里的长凳就是她的床，墙洞就是她的房。

当外面飘着雪花或者下着大雨，你不能对孩子说："你妈妈住在街上，住在墙洞里，睡在公园的长凳上，她旁边还躺着酒鬼。"

六岁时，我经常听到这样的话。当时的我并不明白这些话的意思，感觉这些话就像一些不相关的词语串联在一起。试想，对于一个六岁的孩子，满脑子想着自己的妈妈住在坑坑洼洼的黑色柏油马路上，到处都是碎玻璃，脏兮兮的口香糖，数不清的汽车、公交车和卡车；想着她在雨雪天躲在废弃的建筑里朝外张望；想着她睡在破旧的公园长凳上，上面落着鸟屎，旁边躺着掉光了牙齿的臭烘烘的酒鬼。六岁的你并不明白，为什么妈妈宁愿睡在大街上，住在墙洞里，躺在旁边是酒鬼的公园长凳上，也不肯和你在一起。

后来，我终于知道这些只是传言，并非真相。其实，我一直在祈祷塞西尔·约翰逊的生活不要像传言中的那么糟糕——就像新闻中经常播报的"在贫困中度日的黑人"那样。在奶奶家时，沃内塔和弗恩周末都要洗泡泡浴，要吃鸡肉火腿肠和香蕉布丁。但到了塞西尔家，当她们要这些东西时，我会提醒她们要看清这里的情况。

塞西尔的步伐慢了下来,她摘掉了大帽子、围巾和墨镜,我们知道到家了。

我们跟着她走到院子里。我在后面看见了她八根蓬松的厚厚的辫子,还有插在耳朵上的铅笔。接下来;看着她的屋子和院子,我们姐妹三人简直难以相信这就是她住的地方。

"这是你的房子?"沃内塔吃惊地问。

房子是用又厚又硬的绿漆刷的,塞西尔说这是原浆,是她亲自粉刷的。凹凸不平的绿房子周围是修剪整齐却快枯死的草坪。房子的一侧是一个长方形的混凝土板,上面有一个屋顶。塞西尔说,也有停车的地方,就是没有车。房子的另一侧,有一棵面朝阳光生长的棕榈树苗,棕榈树的位置也像塞西尔刷的原浆一样不协调。于是,我确定这是塞西尔的房子。

尽管塞西尔说房子是她的,不用担心她是怎么得到的,沃内塔还是对这个答案不满意。

"奶奶说——"

在沃内塔刚开口时,我赶紧踢了她一下,警告她最好不要重复奶奶的话,我希望这一脚能让她学聪明一点儿。

不知道塞西尔有没有听出沃内塔要损她,或者有没有看到我踢她的二女儿,她只是若无其事地说了一句:"来吧!"就把钥匙插进了门锁里。

我们走了进去,四处打量着。我以为墙上会有塞西尔的书法——毕竟是她的房子，完全可以自由书写。我还以为塞西尔会用她的铅笔在墙上写上一行行字。但是塞西尔家的墙面却很干净。整个墙面被刷成了浅黄色的，什么字迹也没有……记忆瞬间被唤醒，我的脑海闪过塞西尔在墙上写字，在箱子上写字等画面，还回想起了颜料的气味，以及爸爸和塞西尔愤怒地打电话的情景。我记得达内尔叔叔说过，妈妈喜欢在墙上写字，而爸爸总是为这和她争吵。

"你们的房间在后面，穿过客厅就是洗手间。展开躺椅足够你们三个人用。"

弗恩抱着黄头发的帕蒂蛋糕娃娃，说："我们需要床，我们晚上得睡觉。"

塞西尔呆呆地看着我们，不知道是生气还是觉得好笑。

弗恩还没有那么敏锐的观察力，她转身看着我说："我上二年级了，白天不能睡。"

谁知沃内塔也接话道："我已经上四年级了。"

"我没有问你们这些。"塞西尔说。

如我所料，沃内塔看上去很受伤，一直以来，她都是以自己为中心的人。不过，沃内塔应该不会想到，一切才刚刚开始。她在客厅里转来转去，仿佛独舞的仙女。屋里除了干净的墙、窗帘、沙发、几堆书，再也没有其他东西。她一边踮脚旋转着，一边打量着屋里的一切。突然她站住了，问道："电视机和其他的东西在哪里呢？"

此刻,我真想再踹沃内塔两脚。

塞西尔把弗恩的包扔到地板上,嘟囔道:"我可没叫你们来,从一开始我就没打算要你们来。真应该找机会去墨西哥,这样就能摆脱你们了。"

说这话时,她甚至都没看我们一眼,似乎不是在和我们说话。她不停地唠叨着墨西哥,随手将她如玛塔·哈里①般的行头扔到破旧的沙发上。

之前我就说过,我们的妈妈头发里插着铅笔,打扮得像个神秘特工;住在又热又破的房子里,栽种着没多少人栽种的棕榈树;墙面干干净净的,完全不是我记忆中应该有的样子——满是字迹。现在我知道我们的妈妈为什么会逃走,因为她疯了!

"过来,我们看看房间,先把东西放好。"我说。

沃内塔和弗恩争先恐后地跑出了客厅,兴奋不已,连塞西尔在身后喊她们都没听见。

我跟着沃内塔和弗恩来到房间,这里的家具比客厅稍多一点儿。首先看到的是一张铺着蓝色床单的黄铜扶手床,接着是一个化妆台,还有一个用半月形玻璃装饰的鹅颈地灯。

"这张床睡不了我们三个人。"沃内塔说。

我掀起蓝色的床单,看着那张床,说:"过来吧,帮我把它拉出来。"

我们姐妹三人一起拉了起来,那张床慢慢伸出台阶,变成

---

① 玛塔·哈里:世界最富传奇的双重间谍之一。

了双层床。

"她应该来帮忙啊!"我嘟囔道。

"确实需要她来帮忙。"弗恩说。

"我睡最上面。"沃内塔喊道。

"不行,我睡最上面。"

弗恩刚说完,就发挥了她最拿手的飞天鼠跳跃本领,两只手臂贴在肚子上,跳落到床上。很快沃内塔也跳了上去,两人扭打了起来。她们在飞机上待了漫长而无聊的六个半小时,紧接着又跟着塞西尔赶路,一整天都没疯闹,这会儿就让她们好好放松一下吧。想到这儿,我没有制止她们。

她们闹腾一阵后,我趁着她们还没闹得不可开交的份上,赶紧拉开了她俩,说:"地方足够大,你俩都睡上面。"

"为什么你一个人睡一张床?"沃内塔大声问道,"你的个头也不大,不能独占一张床。"

要是仅凭智商,我完全可以搞定选床这件事。但是我毕竟是她们的姐姐,得让着她们。在波音727上面,作为姐姐的我就放弃过俯瞰世界的机会。

"你也可以下来和我一起睡,我不介意!"说完,我就走开了,我压根儿就没想过要独占一张床。

"我在上面。"沃内塔说。

"我也在上面。"弗恩紧跟着说。

我们都停止了说话,静静地看着周围的墙壁、梳妆台、鹅颈地灯。也只有这些可以看了。

看着沃内塔欲言又止的表情,我说:"想说什么就说吧!""对,有话就说!"弗恩也附和道。

沃内塔看了看弗恩,又看了看我,突然问道:"戴尔芬,我们和墨西哥有什么关系呢?"

我不知道怎么回答,当我听见塞西尔说"真应该找机会去墨西哥,这样就能摆脱你们了"时,我也不知道她是什么意思,但作为妹妹们的精神领袖,我解释说:"不想要孩子的女人就会去那里。"

"可为什么是墨西哥呢?"弗恩问,"为什么不是皇后区呢?"

"因为皇后区太近了。"我假装自己真的知道,还自作聪明地补充了一句,"她们去墨西哥给富人买孩子。"

"噢!"她俩几乎异口同声。

我其实很不想说"奶奶说得没错"这样的话,但塞西尔确实就像奶奶说的一样,不像一个妈妈。她压根儿就不想要我们。毫无疑问,塞西尔疯了。

## 5. 刻薄的女人

我们站在了一起，我站在最前面，沃内塔和弗恩则站在我旁边。我们抬头看着塞西尔。她的肩膀宽宽的，高高的个头快赶上我们的爸爸了。我饿坏了，不由得想起了以前的事：六年级那会儿，班上的女孩和男孩跳舞，拜塞西尔所赐，和男孩跳舞时，我总是表现不佳。

"我们饿了！"我先开口喊道。

跟往常一样，妹妹们的声音跟着盖过了我的声音。

"晚上吃什么？"沃内塔说。

接着是弗恩。"饿了！饿了！"她摸着肚子喊道。

我们抬头望着塞西尔，憧憬着美好的晚餐。塞西尔低头看着我们。在动物王国，雌鸟会在白天觅食回来给嗷嗷待哺的幼鸟。但是塞西尔呢，她看着我们，就好像我们饿不饿和她没有任何关系。虽然我没有整天在厨房里忙碌的奶奶那样能干，但我会打开罐装豆子，煎点吃的，我还会煮土豆，会烤鸡。而塞尔西，面对奔波了三千英里[①]来找她的女儿们，却连饭都不愿做给她们吃——这种事，我是永远也做不出来的。

"你们想要什么？"她说。

"晚饭！已经八点多了，我们和奶奶、爸爸吃过早饭后，到

---

[①] 英里：长度单位，1英里 ≈ 1.609 千米。

现在都还没吃过东西呢!"我说。

我瞥了一眼手表,补充道:"已经过去九个小时十二分钟了。"

"飞机上吃的东西不算。"沃内塔说。

"当然不算了。"弗恩连忙附和道。

她低头看着我们,就好像我们是突然扔到她面前的猴子。

"你们爸爸给的钱在哪里?"她问道。

我双臂交叉在胸前。她想拿走我们的钱,没门儿。

"那些钱是去迪士尼坐车和见叮当小仙女的。"我告诉她。

"叮当小仙女会给你们饭吃吗?"塞西尔大笑起来。这是我们第一次听到她的笑声——果然是一个疯狂的妈妈。

我们并不觉得有什么可笑的,只想回击她。

"听着,你们要是想吃饭,就得把钱交出来!"她说。

我鄙视地看着她——可从来不会这样看奶奶。塞西尔似乎不在乎。她说:"好。我这里有很多'三明治',不过都是用空气做的。走到房间后面,张开嘴,就能吃到。"

我收回鄙视的目光,解开了右脚的鞋带,抬起脚,掏出爸爸给我的那堆十美元、二十美元的钞票。这钱在离开布鲁克林时就一直被我踩在脚下,塞西尔对此并不在意。她拿了钱,数了数,然后揣进裤子口袋——只给了我们一张十美元的钞票。

"绕过这个街角,到明记,点一份虾捞面……"她数了数我们姐妹,就像不知道自己有几个女儿,"四个蛋卷,还有一大瓶百事可乐。"

沃内塔和弗恩听到有虾和百事可乐立马尖叫起来,她们并不觉得这事不正常。按道理我们的妈妈应该给我们做点像样的晚饭——至少烤一只鸡,以及煎点简单的东西和豆子之类的。

"要果汁,奶奶不让我们喝碳酸饮料。"我说。

塞西尔又放肆地笑了一声。沃内塔和弗恩光顾着为外卖兴奋,根本不知道我们的妈妈有多疯狂。

我说:"我们得给爸爸打电话,告诉他我们到了。"

妹妹们也跟着说道:"安全到达。"

塞西尔说:"明记隔壁就有电话。"

"你是说,你这里没有电话?"沃内塔问。

塞西尔说:"我不用给谁打电话,我也不想接谁的电话。"

我主要担心的可不是塞西尔有没有电话。"现在晚上八点多了,我们得出门去给爸爸打电话,然后吃点儿东西?你不和我们一起去吗?"我问。

"沿着蒙古街,穿过几条街道,明记就在街角。那里就有电话。"她指着明记的方向说。

我们还没出门,她又说:"让明给你四个盘子、四把叉子、四张纸巾,还有四个纸杯。不要在路上偷吃。否则,你们别想回我的厨房!"

我们彼此交换了一下眼神,似乎都想到了同一个词:疯狂!

我顺着塞西尔指的方向走,经过歪歪扭扭的棕榈树,然后右转。沃内塔和弗恩跟平常一样，紧紧跟着我。

天快黑了，孩子们还在院子里玩耍，或在街上骑着车。我猜这里的孩子不仅是夏天，可能一年四季都在外面玩耍。和他们不同，我们通常去夏令营，或是由爸爸开车带着去阿拉巴马。

我们看到一些小孩在玩冻人游戏。他们前一刻还是活蹦乱跳的大虫子，等我们靠近院子时，就变成纹丝不动的"雕塑"了。那些"雕塑"冲我们傻笑，沃内塔却很享受，回报他们以微笑。她在为接下来的二十八天假期物色新朋友了！要知道沃内塔喜欢交朋友，这是谁都阻止不了的。因此，我允许她落在后面冲他们眨眼微笑。

我继续朝前走着，弗恩紧紧跟随。沃内塔终于追了上来。

虽然我们离布鲁克林很远了，但我却感觉这条街和赫基默大街一样长。我并不知道这条街道延伸到哪里，然而此刻我似乎很清楚自己的目的地，沿着蒙古大街一直往前走。

我注意到没有哪家的院子里种着棕榈树，也没有谁用原浆刷墙，没有谁会把房子刷成那种疯狂的绿色。我想得出神，没有留意到背后的隆隆声，好像有个桶状的东西在滚动，滚到路边时停了下来。

"让开！"一个声音叫道。

还没等我们反应过来，一个男孩站在一块装着三只轮子的飞行T板上，紧挨着我们冲了过去。

"嘿，小心点儿！"我挥舞着拳头说。

他停了下来，拿起飞行T板穿过马路，接着他又把飞行T板放回人行道。"对不起！"他头也不回地喊道。随之，他开始助跑滑行，一段距离后，他的另一只脚也登上了飞行T板。他整个人慢慢蹲下身去，将两只手臂打开，以保持平衡。

"那是什么？"沃内塔问。

"谁家的傻小子！好了，你俩快点儿。"我说。

沃内塔一直呆呆地望着那个男孩远去的身影，我只好拽着她走。

明记就在塞西尔所说的街角处。那里有一个大大的标志——"明记"，是红色的霓虹字，看着就像挥剑的斗士。电话亭也在塞西尔说的地方，就在明记隔壁。我想先给爸爸打电话，然后去买食物。电话亭里已经有人了——是一个有着大爆炸头的白人。

我们姐妹三人各自交叉着手臂站在一旁等候着。那人侧身站着，我看到了他的轮廓和显眼的鹰钩鼻。他打电话时，头不停地摇晃着，感觉好奇怪。

他给人的第一感觉就像是逃犯。我喜欢精彩的犯罪故事，尤其是每晚的 FBI[①] 破案节目，我会等奶奶睡着后溜出来继续看。这个人的言行举止就像电视里的犯罪分子，他似乎在给他妈妈打电话，问家里是否安全，有没有暴徒或者其他什么人在

---

① FBI：美国联邦调查局，是美国最重要的情报机构之一，隶属于美国司法部。

家里蹲守。

他看我们站成一排在等候，立刻转过身去，背对着我们。我意识到，他有很多硬币，他会打很久的电话。

我们走进明记。平日里我们很少进饭店，当然这里也算不上饭店。一眼望去，只有一个柜台，两张小桌子，凳子摆放在我们所站的位置，后面是厨房。柜台后的中国女人说："没有免费蛋卷。"然后她挥着手，就像在说"一边去，流浪猫"。

我不知道怎么回答，我根本没有要免费蛋卷。可这家店里只有我们在，她直直地看着我们。

"我们不要免费蛋卷。"沃内塔说。

弗恩抢着说："我们要百事可乐和虾捞面。"

"还有四个盘子，四把叉子，四张餐巾纸和四个纸杯。"沃内塔补充道。

"还有四个蛋卷呢！"弗恩继续补充。

"都是付钱的，不用免费。"沃内塔说。

最后，我说："我们要带走。"

我把十美元的纸钞摊平给她。通常，在妹妹们面前，我是一个很会处理各种问题的姐姐，会抓住机会为妹妹和我说话。可是这次，我却哑口无言，幸亏有沃内塔和弗恩及时站出来替我说话。

那个女人用中文朝后面的厨房大声喊着，她的声音比刚才说"没有免费蛋卷"时还要尖锐。这个刻薄的女人就是明，我觉得她和塞西尔一样疯狂。

"好的,坐吧!"她冲我们点点头。

我们坐了下来。刻薄女人喋喋不休:"大家都穷,大家都饿,所以我发免费蛋卷。但糟糕的是,所有人都来拿免费蛋卷。"

她像塞西尔一样嘟囔着,满脸又刻薄又疲惫——这是奶奶在洗衣日才会有的表情。

在等餐的时间里,我陷入了沉思,奥克兰没什么值得我们留恋的,只要奶奶希望我们回去,我会毫不犹豫地坐飞机回纽约。走的时候我连"谢谢你的招待"这样的话都不会对塞西尔说。

# 6.对方付费的电话

刻薄女人明把一美元的账单和几枚硬币搁在柜台上,随手递给我棕色的纸袋包装食物,又给了沃内塔一瓶百事可乐和一小瓶混合型果汁,最后给了弗恩一个纸包的碟子、杯子、叉子和纸巾。我将找回的零钱攥在手里,这些钱足够我们打付费电话了。

我们走到外面,那个有着鹰钩鼻和大爆炸头的男人已经离开了。我们提着从明记买的食物,挤进了电话亭。

我摸索到电话上的"0",拨通了电话,接线员接了。

"接线员,我想打一个付费电话给路易斯·盖瑟。"念出爸爸名字时,我总觉得怪怪的,尽管接线员没有让我重复,但我还是清晰地重复了一遍。接线员问起我的名字,我告诉她我叫戴尔芬。

尽管我的语气不快,吐字清晰,但接线员似乎并没听清,问道:"可以再说一遍吗?"

"戴——尔——芬。"我一字一顿地说道。

接线员叮嘱我不要挂断电话,她给爸爸拨号的时候,我看了下天美时手表,手表显示的还是布鲁克林时间,已经深夜十一点多了。通常爸爸天没亮就会起床去上班,晚上九点就躺下休息了。我开始犹豫了。这时,接线员的声音再次响起:"小姐，已接通！"

"喂？喂？"奶奶的声音从电话里传了过来，能和家人联系上，我们非常兴奋。

沃内塔和弗恩听到奶奶的声音开心地喊了起来，她们试图抢夺电话。我瞪了她们一眼，她们才安静了下来。还没等我开口，电话那头又传来了奶奶的声音："戴尔芬！你知道这个电话要花你爸爸多少钱吗？"

我没有时间和奶奶争论，直接说道："可爸爸让我们给他打电话啊！"

"戴尔芬，不是你想的那样。早知道就不让你们三个姑娘离开布鲁克林了，你们飞到了奥克兰，怎么就不懂事了呢！让我和你们的妈妈说话。"

"她不在旁边，她在家里。"我说。

沃内塔和弗恩对着电话里的奶奶和爸爸大喊，爸爸这时候应该是睡着了。

"那你们怎么半夜还在外面啊？我得和你爸爸说说。"奶奶责备完我，又唠叨道，"真没见过像塞西尔这样的妈妈。"

我告诉她，我们都没事，然后向她道了晚安。接着沃内塔和弗恩也大声喊道："奶奶，晚安！爸爸，晚安！"随即，我挂断了电话。

我完成了爸爸交代的事——往家里打电话。

塞西尔守在厨房的摇摆门旁，朝我们指了指客厅。客厅的

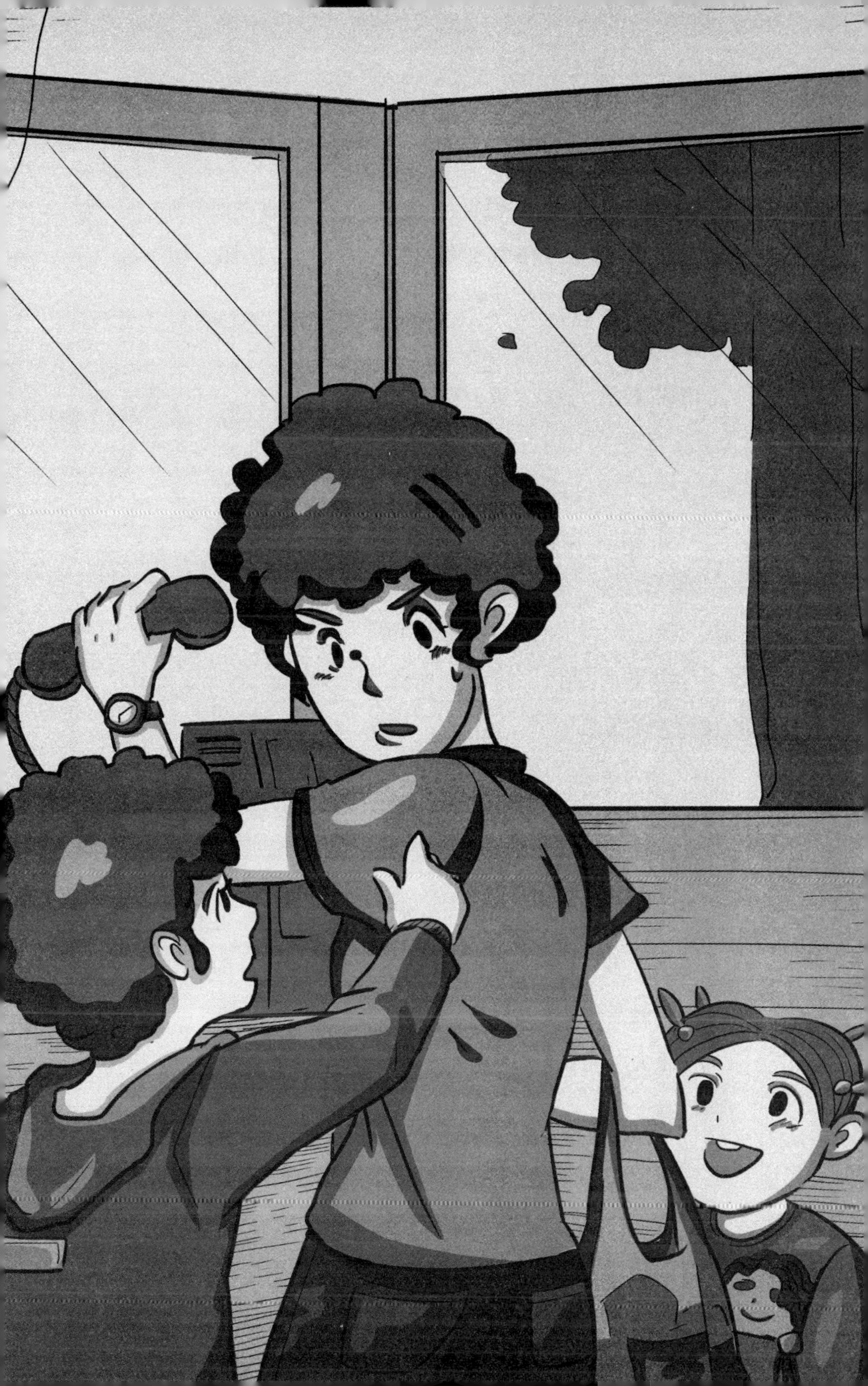

地板上放着一块桌布。当我们把桌布展开，塞西尔便将所有的东西都拿了过来。她把捞面和蛋卷倒进一个个盘子里，又塞给我们每人一把叉子和一块餐巾。

"倒饮料。"她看着我说。

我照做了。这就是我们得到的最大限度的母爱。不是我想要什么母爱，只是我觉得沃内塔和弗恩还小，她们迫切地希望有个母亲，哪怕只是母亲的一个拥抱。"转眼你们都长这么大了。"塞西尔脸上那种愧疚的表情，我能够理解。

无论怎样，有一点，塞西尔和奶奶是一样的。奶奶不会原谅塞西尔，塞西尔也不需要她的原谅。

在饭店的时候，刻薄女人明给了沃内塔和弗恩一双筷子。她们正望着木头筷子，想着将它们变成发夹、打斗的剑或者拾物棒。塞西尔将筷子打开，擦了擦，仿佛是在给篝火添加小枝条。沃内塔和弗恩的小幻想瞬间破灭了。塞西尔用筷子卷起面条，连同虾仁一起塞进她嘴里。

我们都傻傻地看着，除了电视上，从没见过有色人种用筷子。此刻，我们的妈妈就像书中描述的铁路上干活的中国人一样用筷子吃着饭。

塞西尔知道我们在盯着她看。"你们也都饿了吧！"她嘴里含着食物。

我们拿起叉子，也吃了起来。

吃完后，塞西尔收拾了所有没用过的东西——酱油、麻辣芥末、她的叉子，还有刻薄女人明多塞进来的一个杯子。她把东西拿去厨房，让我们待着别动。我们就老老实实坐着。

我想，也许她是想和我们聊聊吧！想看看我们在学校表现怎么样啊，我们喜欢什么，不喜欢什么，我们有没有出水痘，或者扁桃体有没有割掉之类的。我还没来得及开口，门外传来敲门声，而且声音越来越大。我们跳起来，透过窗帘往外看。这时，塞西尔从厨房出来了。

"赶快回房间，回去！"她命令道。

我们乖乖回到房间。隔着窗帘，我看到三个穿着暗色衣服、留着爆炸头的人。

# 7. 为了人民

我们在布鲁克林的时候就已经是训练有素的小"间谍"了。那时,我们挤在一起,耳朵贴着门或墙壁,不吭声,彼此间打着手势或对着口型。有时,她们无法保持安静,甚至笑出声时,我会瞪她们一眼,示意她们安静,不要傻笑——作为间谍,怎能笑出声呢?

当时我们就是像间谍那样竖起耳朵才听到了爸爸说的话。"不,妈妈!孩子们得知道她,她也得认识孩子们。她们要飞去奥克兰了。就这样吧!"第二天一早,爸爸就把我们送去了飞往奥克兰的飞机上。

敲门声响起,塞西尔让我们躲进房间,她立刻收拾好了一切。她的行为根本不像一个妈妈,更像是一个间谍或者逃犯。她也不去开门欢迎来人——门铃响起的时候,奶奶也是这样的。她戴着帽子、围巾和墨镜,生怕被人认出来。此时的塞西尔就像在明记旁的电话亭里遇到的那个人一样。

我们像间谍一样,竖起耳朵躲在门后窥视,隐约看到三个穿着暗色衣服的人走进了塞西尔的家,他们都戴着黑色贝雷帽,其中一个穿着黑色夹克,另两个则穿着黑色T恤。

我们抑制住兴奋,想听听他们的谈话。

他们进门寒暄了片刻,就和塞西尔争吵了起来。

"抓住时机。"

"为了人民。"

"就是现在。"

她这样回答：

"我……"

"我的……"

"不……"

"不……"

接着，他们都质问她：

"人民……"

"人民……"

"人民……"

她回答道：

"我的艺术。"

"我的作品。"

"我的时间，我的素材，我的印刷机。"

"我……我的……不！不！"

我敢肯定他们就是黑豹党，最近的新闻报道经常提到他们。电视上说，黑豹党在社区保护穷苦的黑人不被强者欺凌，为他们提供食物、衣服和医疗帮助，他们为种族主义而战。即使这样，大部分人还是害怕黑豹党，因为听说他们带着步枪，还会高喊"黑豹威武"。就我看到的，这三个人并没有带步枪，塞西尔一点儿也不害怕,她只是有些不耐烦,因为他们找她要东西,而她不想给。奶奶说过,上帝不会造出一个比塞西尔还自私的人。塞西尔不仅仅是对我们,她对每个人都很吝啬。

塞西尔说:"纸要花钱,墨要花钱,我的印刷机要花钱,我付出劳动也有成本。"

一个声音立刻说道:"我们也不是免费的,因兹拉姊妹不是免费的,埃尔德里奇·克利弗①也不是免费的,休伊·牛顿②也不是免费的,H.赖普·布朗③也不是,穆罕默德·阿里更不是免费的。"

我知道他说的因兹拉就是塞西尔。我还知道休伊·牛顿是黑豹党的领导人。还有穆罕默德·阿里,原名叫卡修斯·克莱。其他的名字我就不清楚了。我猜想其他的都是黑豹党或者监狱里的黑人。我知道阿里拒绝去越南,他像达内尔叔叔一样在战斗。不过,我还是不明白这些和塞西尔有什么关系。

另一个人说:"所以每个人都需要贡献出力量。"

第三个人紧接着说:"就像休伊说的,'我们得一起承担,能力超群的人应该担起更重的担子。'"

他们轮流发着言,话语中都是些很长很生僻的词语,什么"主义"啊,"行动"啊,还有"变化",更多的是重复讲"人民",就像奶奶朝着蛋糕里撒下的那一把盐。

---

① 埃尔德里奇·克利弗:创造了揭露美国黑人遭受歧视的自传体作品《冰上的灵魂》。
② 休伊·牛顿:文中黑豹党领导人。
③ H.赖普·布朗:20世纪60年代"学生非暴力协调委员会"第五届主席。

三个黑豹党和塞西尔针锋相对，争论的声音此起彼伏。当塞西尔的声音渐渐低下去，她跺着脚说："好吧，好吧！但你们得带着我的孩子们。"

很快，他们就走了。我们从门后撤回来，跳上高高的两用床铺。我们将一起进行间谍任务的下一环节：分析刚刚掌握的消息。

"她要把咱们送人了吗？"沃内塔问道。

"送给这些人吗？"弗恩继续问道。

我摇了摇头。"不会，她没法和爸爸交代啊！"

"也没法和奶奶交代。"弗恩说。

"那这些穿着黑衣服、让她办事的人是谁呢？"沃内塔问。

"他们一直讲个不停！"弗恩说。

"他们是黑豹党，他们也许是想从她这里逃跑。"我说。

"谁是黑豹党？"沃内塔不解地问。

"你知道啊，就像弗莉达的哥哥。"我用拳头做了一个黑豹威武的手势。我们一家只有奶奶和我看这些新闻。奶奶喜欢听全世界所有的坏消息。不过严格来说，她也不是喜欢，她只是需要知道天下大事，这样才有聊天的话题。爸爸每天都很忙碌，到晚上就筋疲力尽，奶奶便总在我洗碗的时候灌输她的个人观点。她几乎什么都聊——林登·贝恩斯·约翰逊总统，越南的胡志明，马丁·路德·金的葬礼，鲍勃·肯尼迪的葬礼，种族暴乱，伊丽莎白·泰勒的下一任丈夫，黑豹党，没有奶奶不感兴趣的话题。

"这些和塞西尔的纸有关。"我说。

"还有她的墨水。"沃内塔说。

"还有人民。"弗恩说。

我们想象不出是什么把这三样东西联系在一起。

沃内塔忽然灵机一动:"也许他们是想让她写首诗呢?"

"写关于人民的。"弗恩跟着说道。

"用她特制的纸和墨。"沃内塔说。

爸爸和我们说过塞西尔会写诗,看来一点不假。我脑子里闪过塞西尔斟酌字句,敲铅笔酝酿节奏,然后再写下来的画面。直到现在,我的脑海里还会闪现出那样的画面,却并不完整。

"他们能让你写诗吗?"沃内塔说,接着又装出一副深沉的成年男人声音,"你最好写一首,写写人民啊,或者别的。"

我和弗恩全被她逗乐了。她总喜欢逗我们。

"他们不会派黑豹党到你家让你写诗的。"我说。

沃内塔突然两眼放光,似乎有了新发现。

"塞西尔靠写作挣钱,否则她怎么会有这样的房子?塞西尔之所以不让我们进厨房,也不给我们做烤鸡和娜娜布丁,是因为她要在厨房里印钞票。"沃内塔说。

我摇摇头说:"要是真等她印出钞票买下这栋房子,FBI 早就调查清楚,把她关进监狱了。"

"监狱!"弗恩笑出了声。

沃内塔和弗恩又唱又跳:"你作弊印假钞,你自己耍自己,结果被关在了监狱里。"

# 8. 一杯水的风波

如果我们和奶奶、爸爸待在家里，一小时前应该就已经洗好澡躺在床上了。可我们不在布鲁克林，我们在奥克兰，我们与塞西尔在一起。

我看了一眼手表。沃内塔的手表带是粉红色的，但她却把表弄丢了。而我手腕上戴着的是棕色的表带，不过并没影响，手表最主要的是表盘。我就是按照这块表的时间来安排计划的。

我的手表告诉我，晚上九点三十五分应该做什么。我需要三分钟的时间，将热水弄出适量的泡沫。沃内塔和弗恩会用泡沫在头上堆出蜂巢的发型，在嘴上抹上泡沫胡须，十五分钟内她们就可以洗漱完。只要她们拖延，我就会把弗恩拽出来，然后让沃内塔擦干溅到浴室地板上的水。

我把妹妹们带进去，领出来，擦干她们的身体，给她们抹上乳液后，我才开始洗澡。我把手表放好，然后坐在浴缸里好好享受十二分钟的沐浴时光。

每次只要坐在浴缸里，我便会祈祷我的天美时手表的时间不要走得那么准时。很希望分针可以慢下来，给我一点儿时间，我能好好泡个澡。我泡了好久，可是我担心弗恩和沃内塔两个小家伙又会为怎么睡两用床而争吵。因此，我不敢在浴缸里多待，即便是短短的三分钟，我也会觉得不安。于是，我不得不遵守计划的时间。

我们还穿着夏天的睡衣。沃内塔和弗恩躺在一起,她们在上面的床铺撑着手肘,我坐在下面的床铺上。弗恩耷拉着眼睛,不停地打呵欠,等着听睡前故事。

我打开《彼得·潘》。在离开布鲁克林前,我将这本书租了两个星期。我全都计划好了,二十八天的时间内,我每天晚上读几页。等我们回到布鲁克林,这本书已经超期了。我放了两美元和八十美分在家里的抽屉,准备付超期费用。

这本《彼得·潘》比家里那本彩色《彼得·潘》好,里面花了一百多页讲冒险。我一打开书,彼得和温迪的魔法瞬间吸引了沃内塔和弗恩。按照阅读计划,还剩下三页没读,沃内塔和弗恩就已经睡着了。我在没讲完的地方用飞机上的杯垫做了标记,然后给妹妹们盖好了毯子。

我像间谍一样轻手轻脚地打开了行李箱,拿出那本借来的复印版《蓝色海豚岛》,关了鹅颈地灯,坐到过道里,准备借着客厅的灯光看一会儿书。塞西尔不知道在厨房里忙些什么。

我腿上放着书,不知不觉有些犯困。睡眼惺忪中,我看见弗恩穿着皱巴巴的睡衣,踩着小鞋子去了塞西尔的厨房。我猛地跳了起来。她会惹怒塞西尔的,我必须马上拦住弗恩。

不过,我没来得及抓住弗恩的小睡袍。

塞西尔就坐在门口,守着她在厨房里的秘密。弗恩的甜甜的声音里带着睡意:"我可以喝杯水吗?"

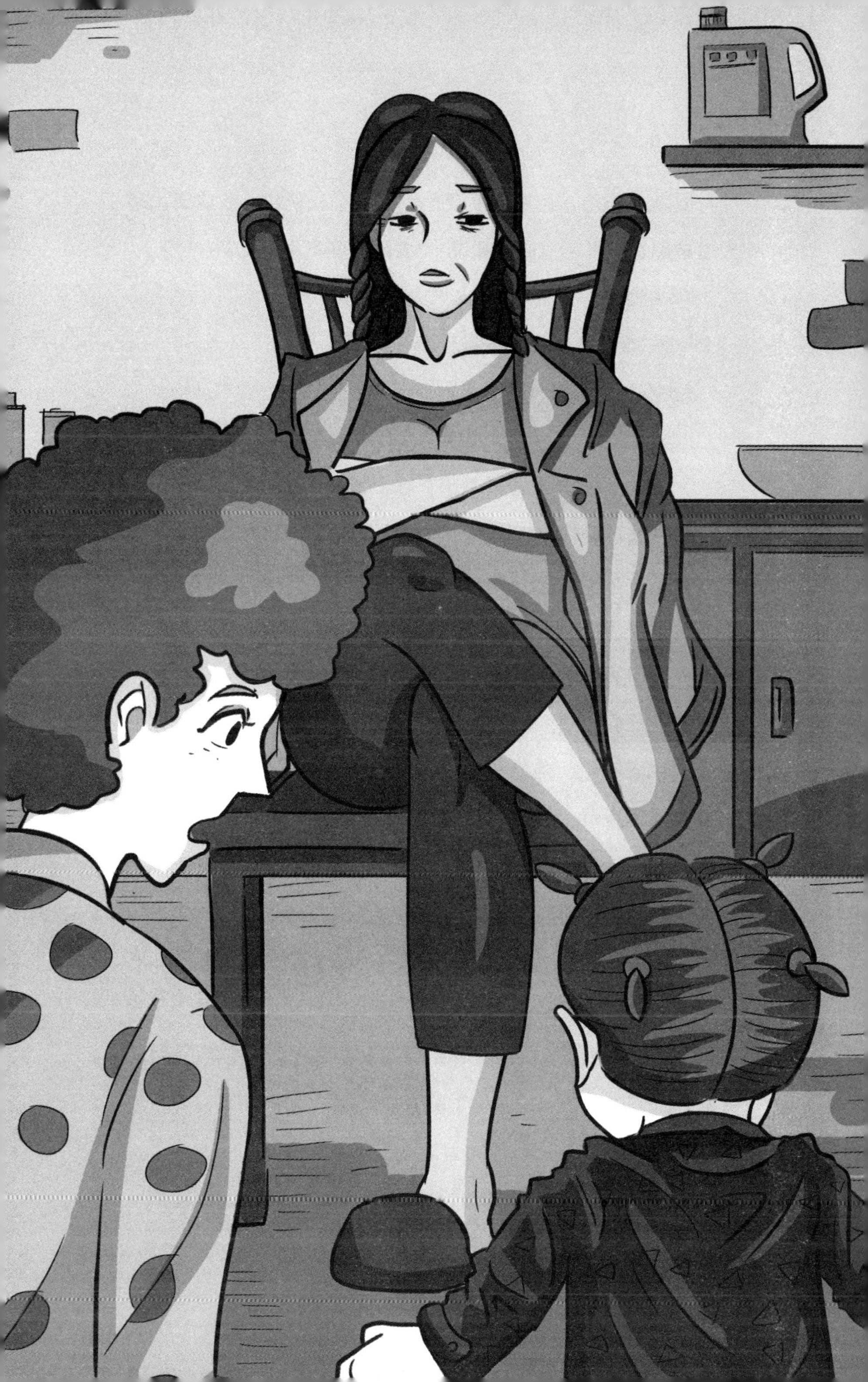

要是换作爸爸，肯定不会拒绝。他会让奶奶、我或沃内塔去给她倒水。可是塞西尔却说："去洗手间喝水吧！"

"太脏了！"弗恩回答。

"小姑娘，这说明你不渴。"塞西尔说。

"我不叫小姑娘，我叫弗恩。"弗恩纠正道。

"她不是说……"我赶紧给弗恩解围，可塞西尔却抬手制止了。

"小姑娘，咱们要说清楚了，除了我，谁都不能来这里。"

真是难以置信，她们上一次见面的时候，弗恩就像一块面包一样软软地趴在塞西尔怀里。达内尔叔叔是这么和我说的。有些情节我甚至还记得——塞西尔照看弗恩，喂得她直打饱嗝，离开我们前还轻轻地把她放在摇篮里。那时的塞西尔至少想过给弗恩喂最后一顿。现在呢，她们面对面站着：塞西尔双臂交叉，俯视着弗恩，弗恩抬头看着塞西尔。弗恩握紧两只拳头，击打身体两侧——她每次要跳到沃内塔身上前就是这样。

我拉过弗恩的手，掰开了她的拳头。

这些看似麻烦的事情，我的处理已经很老到了。比如为了补上病假期间落下的功课，我可以一个晚上赶三天的家庭作业；比如和一个男孩打赌，为了赢他，我可以在六十秒内做四十六个俯卧撑；比如逼着沃内塔和弗恩喝下难喝的止咳糖浆。可是，要对一个你内心不想说"请"的人说"请"，对我而言，实在是难以做到。

于是，我用"对白人讲话"的语气对塞西尔说："您能给她倒一杯水吗？"

不知为何，塞西尔突然举起了手，我赶紧把弗恩拉到了身后。我对塞西尔并不了解，不知道她会做出多么疯狂的事。

"站在那里别动！"她一边进厨房一边嘀咕着，"真不该让人把你们送到这里来，真不该。"

厨房的门摇摆着，半开半掩，发出树叶落下的沙沙声。我一抬头，才发现是门上方的白色翅膀发出的声响。

吊在厨房天花板上的白色翅膀，要是被我们班的同学看到了，肯定会觉得有点疯狂。突然想起了一个笑话，是关于塞西尔的。"我妈妈在麦片盒子和墙上写作。"二年级时，我和同学骄傲地吹嘘道。相比过去，塞西尔家里的白色翅膀倒是一点儿也不奇怪了。

其实，我不愿去想塞西尔离开我们后依然过着那些烤着曲奇、煎着猪排的正常生活。

水槽里的水被开到最大，我听见灶台上金属乒乒乓乓的开关声，还有敲打声、振动声，金属盘子里冰块碎裂的声音，接着又是开关响动。弗恩靠到我身上，接着又躲到身后。

塞西尔出来了，手里拿着从刻薄女人那里拿回的纸杯。看着弗恩躲在我身后，她说："给你，拿去吧！"

弗恩站着没动，于是我接过杯子。塞西尔缩回了手，杯里的水溅到了她的脚上。

"小姑娘，如果你要喝水，最好自己拿着杯子。"她说。

弗恩在背后攥起了拳头。塞西尔盯着弗恩,说:"小姑娘,我就和你耗到底!"

弗恩从我身后走出来,接过塞西尔手里的杯子,说:"我不叫小姑娘,我叫弗恩。"

"好吧!你最好喝了这杯冰水,小姑娘,一滴都不能剩!"

弗恩一口气喝完了。也许是为了证明她没剩,也许是不想再站在塞西尔旁边。她把装着冰的杯子递给我,我又顺手还给了塞西尔。

奶奶说过很多次,而我一直不敢相信。没有人像塞西尔那么坏,那么自私。她离开爸爸、沃内塔、弗恩和我——竟然是因为爸爸不让她给弗恩取名字这样小而愚蠢的事。这是我亲眼看到亲耳听到的。她拒绝喊"弗恩"这个名字,这一点奶奶可没有冤枉她。

# 9. 割舍不断

"姑娘们,如果你们想吃早餐,就直接去人民中心。"

"人民中心?"我们齐声问道。

塞西尔不动声色地说:"在果园街图书馆旁边。你们沿着这条路一直走,看到有孩子老人排队的地方就是人民中心了。"

"你不带我们过去?"话一出口,我就后悔了。我其实并不想问这个问题,我是想责备她为什么不亲自带我们过去。

"用不着,公园就在对面。早饭后,是去跑步还是待在中心参加活动,随便你们选。"

塞西尔拿着一支钢笔指着我,她的头发里插了两支笔。"你年龄最大,看得懂街上的标识。"

沃内塔愤愤地说:"我也看得懂标识。"

"我也会看。"弗恩也跟着说。

我以为塞西尔会说"我可没问你俩"。结果她只用手拍了拍大腿说道:"那就没问题了。从这扇门出去,穿过街道,一直向前走,就是果园街。如果你们识字,就会看到'果园'里的'果'字,然后向左转,一直走,直到看到图书馆。中心就在这条街上,肯定能找到。那里只有穿着黑衣的革命黑人,还有一群饥饿的黑人小孩。除此之外,什么都没有。"

接着,她停了下来,轻轻敲着钢笔,反复念叨道:"黑人,穿着黑色衣服，闹革命。"

我们布鲁克林也有黑豹党。电话亭上张贴着黑豹党的海报，海报上写着"抓住时机"。不过在布鲁克林，没有黑豹党在赫基默大街上游行，敲开我们的门要求贡献出东西，或者称呼我们从没听说过的类似修女的名字。

妹妹们和我还没有走到门口。我们简直不敢相信自己的耳朵，我们的妈妈让我们去外面，找陌生的激进分子要吃的。她简直疯了。

"等等！"她突然说。我真希望她改变了主意。她走进厨房，拿出一个比爸爸的工装靴盒子小一点儿的纸箱子。"拿着，把这个带到中心，交给黑豹党。告诉他们是因兹拉送来的。"她就是这么说的，因兹拉。

她把盒子交到我手上。

"交给谁？"

"只要交给戴黑贝雷帽的就可以了，任何戴着黑色贝雷帽的都行。一定要告诉他们是我交过来的。你和他们说，别来敲我的门催东西了！"

我知道自己不会把这句话转告给黑豹党。不过我依然接过盒子点了点头，对待塞西尔这种疯狂的人只能这样。我一边点头一边期盼接下来的二十七天疯狂日子早点结束。

沃内塔和弗恩无助地看着我。塞西尔看到这一幕，脸上毫无表情，眼底却带着一丝笑意——她第一次看我时就是这种表情。

"走吧,咱们去吃早饭。"我说。

我们正要离开,弗恩却一脸的不高兴。她的眼球快要爆出来似的,攥着拳头说:"等等!等等!"

弗恩"咚咚咚"地跑到了后面的房间,像一头愤怒的野牛。沃内塔和我则在原地等着她。

我不会在意弗恩的脚步声,但塞西尔却不同,她讨厌我们在她家叽叽喳喳,她讨厌听到"咚咚咚"的脚步声。

沃内塔和我都知道弗恩为什么跑回房间,她要回去拿她的帕蒂蛋糕娃娃。不过从塞西尔厌恶的表情看,我觉得她会把它扯过来扔到地上。

"你都这么大了,还要拖着那个玩意儿吗?"塞西尔说。

在我看来,弗恩需要帕蒂蛋糕娃娃这件事,塞西尔是没有发言权的。因为她不在的时候,都是帕蒂蛋糕娃娃陪着弗恩。

我不由得笑起来。我已经懂得帕蒂蛋糕娃娃和弗恩之间就像是纳·京·高尔演唱的《忘不了》。我第一次听到这个轻柔流畅的嗓音唱"就像一首情歌"时,我就知道帕蒂蛋糕娃娃也像是弗恩的情歌。

塞西尔觉得,弗恩七岁了还带着洋娃娃是一件丢人的事。弗恩没理她。塞西尔又问:"你不觉得你都这么大了,不能再带洋娃娃了吗?"

弗恩摇晃着她头上的四根辫子说:"不!"——回答"不"让她觉得过瘾,哪怕说不出什么原因。不,因为塞西尔没有给过弗恩期待的拥抱和亲吻；不，因为塞西尔不会起身为她倒一杯冷水；不，因为塞西尔甚至都不叫她的名字——弗恩。

沃内塔在一旁受不了啦，她已经回击了很多嘲笑弗恩的人。我也努力过，可是又能怎么样呢？玩偶对弗恩来说很重要。除了去学校和教堂，弗恩基本上与帕蒂蛋糕娃娃形影不离。

塞西尔无奈地摇了摇头，似乎我们是一群讨厌鬼。

突然我觉得，不应该一直这样站着，应该赶快告别。我们不需要别人告诉我们该做什么，不该做什么。我们又不是离开奶奶，舍不得告别。不过是离开塞西尔，离开她的厨房和她的棕榈树。我正准备转身离开，塞西尔说："不用急着回来，等天黑了再回来。"

我们沿着三角形的街道走着，我在最前面，沃内塔和抱着帕蒂蛋糕娃娃的弗恩并排走在后面。

"我想回家。"

"我也是。"

我知道她们说的是哪个家。我说："还有二十七天，我们就回家！"

"咱们给爸爸打电话吧！"沃内塔说，"还有奶奶。"

"现在还不行，"我说，"奶奶还在为昨天的付费电话生气呢！我们得攒够钱，直接打长途电话过去。"

"我们应该给爸爸打电话，告诉他塞西尔很刻薄。"沃内塔说。

"她不想要我们。"

"她不给我们做饭,也不让我们待在厨房。"

"还给我冷水喝。"

"在她厨房里。"

"在她家里。"

"我们会打电话的,不过不是现在。"我说。

"要是奶奶知道……"沃内塔说。

"如果爸爸知道……"

"他们会立刻赶过来接我们。"

"是的,以闪电的速度赶到。"

"我们得花费不少电话费。"我说。

# 10.早餐活动

我们按照塞西尔的指引,找到了人民中心。饥饿的孩子在这里排着长队等着早餐,不过他们不全是黑人。有一些大点儿的孩子,他们大部分穿着黑色的衣服,留着大爆炸头,像士兵一样守在外面。不过,似乎这也没必要,因为警车就在附近。

沃内塔满脸笑意,让每一个看到这张笑脸的人都觉得,应该回她一个笑脸才好。她注视着另外三个女孩,每个都和我们一样又高又瘦,而且看起来都比我们大。她们穿着白色的靴子,小雏菊的裙子,喇叭口袖子。她们也许是去跳摇摆舞的,而不是为了领取免费早餐。

我环抱双臂,站在弗恩身旁,提醒自己:我来这里只是为了领取早餐。

黑豹党打开门,我们三姐妹一起挤了进去。按照塞西尔交代的,我把盒子递给我看到的第一个黑豹党,并对他说:"是塞西尔让带来的。"我没想叫塞西尔别的我不知道的名字,我也没有和他们说不要去烦她。那个黑豹党打开盒子,从一堆纸中抽出一张印有一个蹲伏着的黑豹的传单,上面还有字。他举起来看了看,点点头说:"谢谢你,姊妹。"然后拿着盒子走了。

那三个穿花裙子的女孩在排队等候早餐,看着我们。沃内塔试图让我站在她们后面,可我不想跟在她们身后。她们的裙子真漂亮，还是崭新的。我们穿着短裤和吊带背心，不过，奥克兰不像加利福尼亚那样阳光灿烂。我在队伍中找到一个位置，在波多黎各人后面——他说的是西班牙语，看着并不像波多黎各人。我想起学过的五十个州，猜测他们也许是墨西哥人。

我从来没在电视上看到过黑豹党准备早餐的新闻。我本以为黑豹党只招黑人，但是这里有两个墨西哥人，还有一个白人小男孩，以及一个中非混血男孩，其他的都是黑人。我们排着队，一个人从后面赶到我们前面停了下来，他环抱着双臂，低头看着弗恩。

我认出了那张窄脸上的鹰钩鼻，确定他就是在电话亭里背对着我们打电话的人，也是昨晚那个戴着贝雷帽留着爆炸头的人。现在他就站在弗恩面前，交叉着双腿，双臂环抱。

"这幅画有什么问题？"他语气平和，并不像在提问。看来他知道答案，可见我很擅于察言观色。

他没有穿皮夹克，但我知道他就是昨晚来敲门的人员之一。他的黑色T恤衫上画着一只白色的死猪，在死猪的周围画着似乎在嗡嗡叫的苍蝇，T恤上还有"放开猪"这几个白色的字。他的头发有一点点稀疏，留着非常蓬松的大爆炸头。

这个稀疏爆炸头的鹰钩鼻男人没有塞西尔高，也没有爸爸魁梧。也许只有二十岁左右，看上去却很傲慢。在其他戴着黑色贝雷帽的人面前，他有些装腔作势。

我们谁都没讲话，他指着又问了一次："这幅画有什么问题?"——他明明知道答案。

弗恩指着他回答说:"我不知道这幅画有什么问题。"

其他的黑豹党笑着告诉弗恩:"没错,小姊妹,别跟人随便搭腔。"他们拍着手,七嘴八舌,"这些是因兹拉姊妹的孩子。没错,看看她们。"

鹰钩鼻男人觉得碰了一鼻子灰,想扭头就走。

"小姊妹,你是黑人姑娘还是白人姑娘?"

弗恩说:"我是有色姑娘。"

他不喜欢听到"有色姑娘"这几个字,便纠正道:"黑人女孩。"

弗恩说:"有色。"

"黑人女孩。"

沃内塔和我跟着弗恩重复着"有色"二字。三个姑娘此起彼伏地说着同样的词,这可比"大声说,我是黑人我骄傲"有气势多了。

"那好吧,胖姑娘们!你为什么抱着一个仇人在怀里?"大鹰钩鼻子说。

一个穿着加利福尼亚T恤衫的稍大点的女孩说:"凯文,别疯了!别惹这些有色女孩。"

那个大爆炸头,名叫凯文的家伙看起来很得意。

"那不是仇人,是她的洋娃娃。"我解释说。

"是的,是个洋娃娃。"

"帕蒂蛋糕娃娃。"

加利福尼亚女孩，以及其他的黑豹党成员，都叮嘱凯文别招惹我们这些有色女孩，但他还是管不住自己的嘴。

"你们的眼睛和这个娃娃一样蓝吗？皮肤也和她一样白吗？头发和她一样是金色的吗？"

"疯子凯文，快闭嘴！闭上你的嘴巴！"女孩再次叮嘱。

疯子凯文转身面向那位穿着一条非洲印花连衣裙、头上围着头巾的女士，说："穆昆布姊妹，我们的'有色'女孩需要再教育教育。"说完他摇头晃脑地走开了，仿佛在说，"你现在喜欢我了吧？"

加利福尼亚女孩转过身，对我说："别管疯子凯文，他有点神经质。"

鸡蛋是冷的，不过我们还是吃了，还有黄油吐司和几瓣橘子。比起在塞西尔家里连三明治都吃不上要好很多。

弗恩抱着帕蒂蛋糕娃娃，忍不住喂一口吐司到娃娃嘴边，就像在家那样。别的孩子都在笑话她，喊她"白宝宝情人"或者"大宝宝"，除了那个看起来具有中国和黑人血统的男孩之外。三个穿花裙子的女孩也跟着取笑，连个头最高的姐姐也不例外。我让她们闭嘴。没有人可以叫弗恩白宝宝情人，就算帕蒂蛋糕娃娃真的是白宝宝，也不可以。沃内塔默默地吃着吐司，我们得罪了她的夏日朋友——那个穿着白色的摇摆舞靴子和惹眼的裙子的人。不过，我一点也不在乎。只要弗恩喜欢，她就可以爱着帕蒂蛋糕娃娃。

　　尽管塞西尔并没有到场，但黑豹党仍然拍着手说："没错，她们是因兹拉姊妹介绍来的。"

# 11. 地球也要闹革命

吃完早饭,有些孩子走了,只剩下我们在内的十多个还留在那里。我告诉妹妹们,也许我们也要参加夏令营活动。塞西尔已经明确表示不想我们早早回去,于是我们向穆昆布姊妹报了名,然后跟着她和派特姐妹——就是那个穿着加利福尼亚T恤衫的年轻女士,走进教室。

我觉得叫我们喊一个成年人某某兄弟或者某某姐妹,感觉很傻,也很不合适。不过话说回来,我们也因此认识了很多从未谋面的兄弟姐妹。当然,他们说的是布鲁克林口音的"兄弟""姐妹",这是一种区别于"他"或者"她"的称呼。就我所知,中心的成年人都不叫"先生""小姐"或"夫人"。

穆昆布姊妹很热情,我立马就喜欢上了她。如果在机场接我们的是穆昆布姊妹,她走上来喊我们,我们会觉得自己备受欢迎。她会用她的非洲印花连衣裙(绿色的、紫色的、橘色的裙子)围住我们。在她离开的时候,她会请求我们的原谅。

教室不像我们以前的教室,里面有两张长桌子,我们坐在其中一张桌子上。墙壁上挂着画,不过不是乔治·华盛顿、亚伯拉罕·林肯和约翰逊总统,而是休伊·牛顿。画像中,休伊·牛顿坐在一张藤椅上,旁边放着一杆来复枪。还有其他的画像,人多是黑人的,也有一些挂在房间里的女性画像。我很希望看到墙上有马丁·路德·金的画像，不过令人失望的是，没有找到。剩下的画像，我只能认出马尔科姆·X和穆罕默德·阿里。那些女士我一个也不认识，其中一位看着像奶奶，旁边还写着："我病了，我受够了病和累。"

墙上有大块的格子纸，上面有老师工整的手写字。第一幅绿色的字是："我们需要什么？"另一面墙上写的是："我们相信什么？"

沃内塔似乎不关心我们在什么样的黑豹党夏令营，对于我们要被训练成黑豹党的事也不在乎。她的注意力全都在穿着喇叭袖子的三姐妹身上，还有她们又圆又卷的爆炸头上。我知道一会儿沃内塔就会讲给我听了。她肯定要说自己该有个新发型，还会说我们的衣服都是童装。

"裕仁·伍兹。"穆昆布姊妹叫道。

只见对面桌边一个尖头黑发，和我一样有着古铜色皮肤的男孩不满地斜着眼睛。尽管他发着牢骚，穆昆布姊妹还是面带微笑，招手把他叫了过来，晃动着满臂的手镯说："裕仁来帮我示范。"

不用看，我知道沃内塔的嘴一定噘得老高。沃内塔就是这样，总是羡慕那些能吸引注意力的人。裕仁看起来一点儿也不高兴。他把椅子推后，拖着脚步慢慢地走到了前面。仅从他尖尖的后脑勺，我就认出了他就是昨天那个差点儿撞到我们的T板飞车男孩。我真想好好教训他一顿。

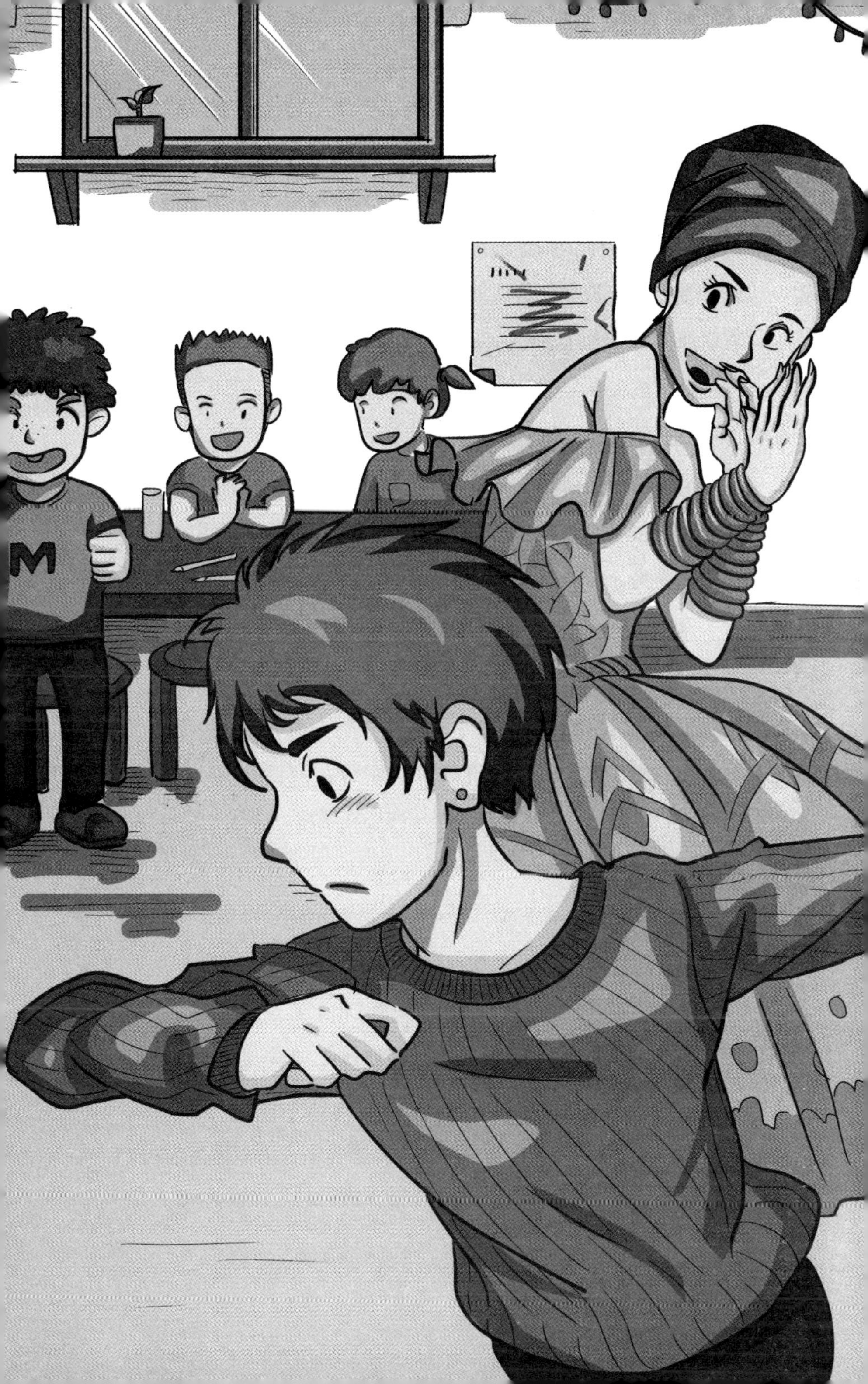

穆昆布姊妹说:"我扮演太阳,裕仁扮演地球。"她侧过身,低声和裕仁说着。裕仁重重地叹了口气,就像他是迫不得已才这样做的。他的叹息是给我们这些孩子们听的,是为了向我们表明他不是老师的宠儿。

穆昆布姊妹点点头,坚定地说:"好了,裕仁。"

裕仁又叹了口气,他开始慢慢转过身,每次绕在穆昆布姊妹边上便跨出一步。穆昆布姊妹面带微笑静静地站着。看着他穿着银黑相间的毛线衫转了一圈又一圈,我感觉比狠狠地打他一拳还要爽。他低下头,似乎觉得自己这样很傻。他的叹息惹得大家都咯咯地笑了起来。穆昆布姊妹说:"地球缓慢地转动,它围绕着太阳转动。如果地球不围绕着太阳转,就不会有季节变换。也就是说如果地球不自转,不围绕太阳公转,蔬菜就不会生长,可怜的农民就不会丰收,可怜的人们也吃不上东西。人的自转也影响着自身的生活。地球不停转动,还有一个叫法,有谁知道吗?"

穆昆布姊妹是真正的老师,她友善的笑容,还有她在黑板上的板书,都显示了她老师的身份,就连提问也是那种欢迎你参与的标准的老师语气。

幸亏我看过一段时间的《韦氏大词典》,我脑子里还有一些东西:公转、自转、翻转、旋转。我想参与进来,但作为一个大孩子参加这种游戏感觉很幼稚。至于裕仁,我没什么好说的,至少我不能像身边小孩子们那样狂热地摆手。三姐妹中的大姐姐似乎也没打算回答,她也许知道答案,但还是决定留给期待被点名的妹妹们回答。

其中有个孩子喊"循环旋转",穆昆布姊妹拍起手来,她的手镯随之叮当作响。"是的!你说的是对的,确实是'循环旋转',没错。"派特姐妹奖赏给男孩一块曲奇饼干。

穆昆布姊妹说:"循环,旋转,运行,不停转动,改变事物。"

派特姐妹说:"休伊·牛顿就是一个给世界带来改变的革命家。"

穆昆布姊妹继续讲:"切·格瓦拉[①]也是一个给世界带来改变的革命者。"

他们讲起所有给世界带来改变的革命者。裕仁的任务完成了,他伸着双手,像晕乎乎的弗兰肯斯坦[②],摇摇晃晃地走向他的椅子。得到曲奇饼干的男孩说:"转得漂亮,闪闪发光。"裕仁一头趴在桌子上,闭上了眼睛。

看着裕仁,我忍不住想,真是活该。

"今天我们要像地球一样,一直不停地转动,影响很多人。今天我们要想象自己成为革命的一分子。"穆昆布姊妹宣布道。

沃内塔马上举起了手。我在桌下踢了她一下,可她并不理会,这也就意味着那些看到她的人也会看到我们。我很担心沃

---

① 切·格瓦拉:第三世界共产革命运动中的英雄和西方左翼运动的象征。
② 弗兰肯斯坦:英国诗人雪莱的妻子玛丽·雪莱创作的科幻小说《弗兰肯斯坦》里的人物。

内塔接下来的发言。

"我们不是来革命的,我们是来吃早餐的。"沃内塔语气坚定地说。

弗恩紧接着补充道:"我们是从奥克兰来见我们的妈妈的。"

不久前,裕仁表演的自转让我们咯咯大笑。而现在,沃内塔的发言则让大家——我们三姐妹和晕头转向的裕仁除外——哄堂大笑。沃内塔之前关注的三姐妹笑得尤其夸张。连穆昆布姊妹都被沃内塔和弗恩脱口而出的话逗得忍不住笑出声来。

我暗暗责备沃内塔,因为我不想让别人知道我们并不了解自己的妈妈。要不是沃内塔举手,弗恩又怎么会说那些话呢?更糟糕的是,我原本想问穆昆布姊妹,黑豹党是怎么称呼塞西尔的,他们为什么这么叫她,结果被沃内塔这么一闹腾,我都不知道该怎么问了。但是我隐隐觉得,穆昆布姊妹是知道这些事情的,如果我问起,她也不会让我难堪。她肯定不会一脸同情地看着我们,说"哦,可怜的没有妈妈的姑娘们啊"这样的话。她也不会高傲地反问:"你们竟然不知道自己妈妈的名字?"穆昆布姊妹会给我们一个简单明了的标准答案。

沃内塔又举手发言了。大家瞅着我们,笑话我们。只有那个晕乎乎的男孩裕仁笑不出来。

# 12. 疯狂的妈妈

那天的活动结束之后，我们在外面待了很长时间，直到下午六点肚子饿了才回去。不管塞西尔喜不喜欢，都得让我们回到她的绿泥房子。她打开门，问道："都回来了吗？"然后将桌布铺在地板上，拿出虾捞面和蛋卷。看来，我们在中心的时候，她去了刻薄女人明的店。

我们洗了手，像印度人一样围着桌子坐下。"黑豹党为什么叫你因兹拉？"做完祷告后，我问塞西尔。

她呆呆地看了我一眼，仿佛责备我不该问这种话。随即，她纠正我说："是恩兹拉。"

我和妹妹们耸了耸肩，彼此看了一眼。那不是布鲁克林的发音，也不是阿拉巴马的口音，甚至连纯正的奥克兰口音都不是。

"他们为什么那么叫你？"我问。

妹妹们也跟着问。

"你的名字不是塞西尔吗？"

"对，是塞西尔啊！"她说，"我也叫恩兹拉，恩兹拉是一个诗人的名字。我的诗歌拂去尘埃，揭示真实又清晰的道路。恩兹拉。"

我眼神空洞地看着她。她应该早已厌倦了我爸爸那样平淡的表情。爸爸对此冷淡，我对此也冷淡。我不知道什么清扫道路，什么扫除尘埃。我只知道准备上学前要熨烫羊毛裙子，要吹吹茂密的头发。

"我所说的路指的是约鲁巴人之路。"她补充道。

现在我知道她名字的由来，便不再对她"所谓的"名字翻白眼。还没等我问她约鲁巴人从哪里来，她马上告诉我，那是一个民族，在我们祖先的土地上。

"你是说阿拉巴马的普拉特维尔？"沃内塔问。

普拉特维尔是爸爸和奶奶的原籍。他们不是来自大城市蒙哥马利或者塞尔玛，而是来自普拉特维尔。其实，那个地方是在普拉特维尔边上的一个偏僻小镇。他们与别人说起时一般就说普拉特维尔，因为这个更知名。

"所以，任何时候你想改名字，都可以改吗？"我问。

沃内塔接着说："可以随便改吗？"

弗恩也跟着问："只要是你能拼写的名字都可以吗？"

"这是我的名字，是我自己的，我可以给自己取名，"塞西尔说，"我不再是过去的自己，我获得了新生，我为什么还要用以前的名字呢？"

"如果你总是改名字，那么人们怎么能知道你或者你的诗歌呢？"我说。妹妹们也你一言我一语地不停说着。我们就像在表演三重唱，又像是在玩一场游戏。

"假如你出名了，是因为写诗吗？"我问。

"那样大家都知道你的名字了。"沃内塔接着说道。

"你就不能藏起来了。"弗恩紧接着说。

"我的诗不是关于那些的,"塞西尔说,"不是为了名声,它们是人民的艺术。"我记得,昨天她还不想和人民有任何关系。

"如果大家都会背诵你的诗歌了,会怎样呢?"我问。

"他们还在收音机上朗诵。"沃内塔插嘴道。

"你一下子成了名人。"弗恩接话道。

"那你就不能藏着了。"我说。

"当然不能了!"弗恩说。

"你们都是为谁工作的?"塞西尔说,"我想你们都是为秘密组织做事的,联邦调查局,反情报程序。"

我从星期天的晚间节目和新闻知道了联邦调查局,可是"反情报程序"又是什么呢?塞西尔知道我们听不太懂,所以这场谈话都由她掌控,就像球和球拍都握在她手里一样。

"噢,他们华而不实,没错!联邦调查局雇佣无知的蠢人去前线。那些人深入到家庭内部,离间失散的兄弟。只要是思想不一样的,他们就会像对待有色人种那样采取行动。你还没说'回家去',你失散多年的亲人就已经和秘密组织一起开秘密会议,报告你每周的一举一动了。"

"家人不会互相告发。"我说。

"不是真的家庭。"

"当然不是了。"

"那是你的想法。"塞西尔看着沃内塔说,她知道沃内塔最没耐性,弗恩和我则不一样。然后塞西尔眼睛睁得大大的,一脸害怕地说:"他们让你独自一人,你会又孤单又害怕,他们说,'沃内塔·盖瑟,你热爱你的祖国吗?你爱你的父亲吗?爱你的姐妹吗?还有你越南的达内尔叔叔,布鲁克林的奶奶?'"她又问弗恩:"小姑娘,你爱你的洋娃娃吗?你爱袋鼠船长吗?爱你的幼儿园老师,爱全麦饼干吗?爱听故事吗?啊,如果你们想保住这些,告诉我们关于塞西尔·约翰逊也就是你们妈妈的所有事情。"

弗恩嚷嚷着说她不是小姑娘,她马上要上二年级了,她看的是《太空飞鼠》,不是《袋鼠船长》。

塞西尔还没来得及问我,我就开口道:"他们什么都不会问,没有人会相信小孩的话。"

# 13. 关于海洋之王

我才不管塞西尔给自己取了什么新名字，或者她用诗歌开辟了多少条道路。对我而言，她就是塞西尔·约翰逊，我可欣赏不了她所谓的新自我，还有她的新名字。

名字很重要，别人通过你的名字知道你是谁，它可不是随意可以丢弃的东西。

塞西尔顺利地为我们想出了名字。我敢打赌，她给我们取的名字，是要我们一直用下去，即便我们长大了有了自主权也不更改。听奶奶和达内尔叔叔说，她本来为弗恩取了一个名字，可爸爸说"不要再为了与众不同取这种臆造出来的名字了"。于是，塞西尔给弗恩喂完奶，把她放在婴儿床里，看了她一眼后，就直接离开了。

虽然大家都以为我不记得，但我其实记得一些场景。比如有一次家里全是"烟"，不是那种呛人的真的烟雾，而是一个女人柔和的嗓音和钢琴声、低音及鼓声混杂在一起，就像烟雾一样充满整间屋子。达内尔叔叔说："你怎么会记得？你才两三岁。"可我确实有印象。我还能清晰地回想起当时的情景，我的头倚在塞西尔的肚子上，感受着微微的光，还有萦绕的音乐。达内尔叔叔说，沃内塔的"沃"来自一个名叫莎拉·沃恩的歌手的名字。每当叔叔谈起塞西尔留下的那张混合音钢琴、低音吉他和鼓的乐声，以及那张莎拉·沃恩柔和的声音的唱片时，我都会回想起那些场景。

塞西尔可以在下雨的时候给自己改名字，而我一直都叫戴尔芬，即使知道这个名字的来历，我也不肯换名字。在学校，没有谁和我的名字相同。我还记得在最后一堂课上，有三个黛博拉、两个琳达、两个詹姆斯、三个迈克尔，还有两个莫妮可。除此之外，教室里还有安东尼和安特尼，其实也算是重名。如果你喊一声"安东尼""安特尼"或者"安特"，两个男孩都会回头。

我的名字很独特。在整个布鲁克林，不会有人和我重名。不管我们去哪里——康尼岛、展望公园或者示罗浸信会教堂——叫戴尔芬的，只有我一人。

我从来没想过戴尔芬有什么寓意或者含义，觉得就只是我的名字而已。戴——尔——芬，这个名字听上去就像是一位穿着貂皮大衣，或者戴着宝石耳饰的成熟女人。我想塞西尔肯定早就计划好了，等我长大，她给不了我貂皮大衣，也给不了我宝石耳饰，便只好为我取了这么一个雍容的名字。这一点，塞西尔做得不错。更重要的是，我还不用和妹妹们分享。

现在，那个愚蠢的电视节目又开始播放了。海豚抓住了坏蛋，救了大家的命，最后警长赶到。以前，尤其是星期三，我们在休息或者在校车上时，男孩们会在这个节目播出后唱类似"他们叫他橡胶蹼，橡胶蹼，速度快，赛闪电"的歌，然后嚷嚷着让我学说海豚的语言。

那是一个特别的星期三，那个唱《橡胶蹼》的主要成员之一的埃利斯·卡特居然还吹起了口哨。我狠狠揍了他一顿。我敢肯定那次我很厉害，厉害到让所有其他的橡胶蹼歌者和吹口哨的都忘不了。直到放学回家，我揍过埃利斯·卡特下巴的指关节还生疼。叮嘱沃内塔和弗恩换好衣服后，我把他们换下来的衣服挂得整整齐齐，这样到晚上我就不用熨烫了。我会催她们写作业，如果她们需要作业辅导，二十分钟后等我借完书回来就会去帮她们。我告诉奶奶，我要从图书馆借一本书，马上就回来。然后我直接去了最大的参考书区域，找到最大的字典，那本字典真是太大了，我把书固定在一个位置，用两只手才能翻动书页。

《韦氏大词典》是一本不错的字典，我相信韦氏。我觉得，她不想要孩子，可能也没有弟弟妹妹需要照顾，在没有别的事做的情况下，就花工夫写字典。所以她知道世界上的每一个字。奶奶好像也说过《韦氏大词典》特别有用。

我翻到字典后面，翻过"Z"部分，翻过公制和卫星体系的术语，就到了人名部分。我翻了几页，找到以"D"开头的女名：黛西、黛夫妮、迪安娜、黛博拉、德拉、德洛丽丝……

我突然想到这样一幅情景，音乐像烟雾一样弥漫了整间屋子，塞西尔望着窗外，为我想到了这个名字。嗯，就是这样。在这本字典里，我发现那个拆成两个音节，和我名字完全一样的拼写。确实如此，我的名字戴尔芬就是这样出来的。

为此我有些火冒三丈，不由呼吸加速，身体颤抖起来，甚至心都快跳了出来。

一切都变了，妈妈没有运用她写诗的才能竭尽全力地为我取名字。她给我取的是一个现成的名字，也就是说，她没有想着要给我一个特别的名字。根本就没有。

怎么会这样呢？塞西尔想到了弗恩这个名字。怎么会这样呢？塞西尔为弗恩想到一个无比美妙的名字，却遭到反对，还害得她离开我们。

我不必再问下去，证据就摆在那里。我和别的戴尔芬没有什么不同。她也会像我一样，根据《韦氏大词典》找到自己的名字——是一只海豚的名字。

我一直高昂着头，感觉自己比埃利斯、威利、罗伯特、詹姆斯、迈克尔、安东尼、安特尼这些人都要高级，因为他们都是傻小子。埃利斯·卡特说了实话，我揍了他的下巴，我的指关节也跟着遭罪。戴尔芬的发音和海豚相近，我得到海豚——咧着大嘴笑的大型哺乳鱼类的外号。

可了解到这个名字的全部真相后，我更加受不了。图书馆管理员从座位上站起来，给我递来纸巾。我为词典里的一个词号啕大哭，没意识到自己又给黑人丢脸了。

接下来的一个星期，电视上再播放《橡胶蹼》时，我会立马起身关掉。沃内塔和弗恩就会像脾气不好的山羊小声地抱怨，可我没理会她们。我拿出糖果乐园的游戏，倒出牛奶，还在碟子里整齐地放上一堆曲奇，宣布道："今晚是游戏和曲奇之夜哦！"我真的很讨厌那个咧嘴笑的哺乳动物——海豚。

## 14. 唱着啦啦歌涂色

第二天早上，塞西尔没有为我们做早餐，于是我带着沃内塔和弗恩去了中心。我们排队领取了早餐，当我们吃着热乎乎的燕麦粥和香蕉片时，一辆卡车从本地的商店运来了一条条的面包和一箱箱的橙汁。几分钟后，中心四处都飘散着吐司面包的香味，我们每个人的托盘上也有了一小包橙汁。

那些运送面包和橙汁的白人青年知道这里的黑豹党，于是和他们聊了起来。白人青年说黑豹党一点儿都不像电视里报道的激进分子。我一直在看着他们聊天，担心发生什么事情。看到他们有说有笑，我突然觉得自己像个傻瓜。派特姐妹送来一篮子吐司，我抓起两片，一片递给弗恩，一片留给了自己。至于沃内塔，不用我操心，她自己会去拿。这会儿，她正忙着和三姐妹中的一个套近乎呢。

报纸是这样描述黑豹党的：他们挥舞着愤怒的拳头，咧着嘴巴，举着上了子弹的来复枪。报纸从来不会报道像穆昆布姊妹和派特姐妹这样的人，不会报道他们给饥饿的人分发吐司和给孩子们讲课的事。

看着白人青年安全地离开，这些黑豹党依然满脸笑意，我忽然觉得这个地方还不赖。

我们走进教室，看到桌椅已经被推到了一旁，地板中间堆放着白色的海报，上面有波浪形的标语。我们围着海报站成一圈，仿佛置身于涸的陆地，而那些海报则"漂浮"在海面上。

穆昆布姊妹说道："各位兄弟姐妹，找一幅海报来涂色吧！可以找伙伴一起，也可以单独涂色。"

我看着地面上的海报，上面用黑色的字写着：

人人享有正义

所有人都有权利

牢记"小鲍比"

放了休伊

我在晚间新闻上看过休伊·牛顿，他戴着黑色贝雷帽，说着豪言壮语。奶奶叫他"最大的捣蛋者"，因为他是黑豹党的领导人。我知道的唯一一个有名的鲍比是鲍比·肯尼迪。鲍比·肯尼迪已经遇害，我觉得黑豹党应该不是让我们牢记鲍比·肯尼迪，他们应该在说别的鲍比——一个"小鲍比"。我想他是不是也像鲍比·肯尼迪一样遭到了暗杀。如果他还活着，就不会让我们牢记他了吧！

穆昆布姊妹说："昨天，我们学习了'革命'，意思是'改变'。我们都可以是革命者。"我们一边听她讲，一边挑选海报。派特姊妹给我们递过来记号笔和蜡笔。

我在心里一边重复着沃内塔的话："我们可不是来革命的，我们是来吃早饭的。"一边又想看个究竟。就是这种好奇心驱使我伸手在桶里拿了一根粗粗的记号笔。沃内塔和弗恩也各自拿了蜡笔,弗恩还给帕蒂蛋糕娃娃拿了一根。

因为我不知道"小鲍比"是谁,所以我决定从海报上"放了休伊"的地方开始。弗恩抱着帕蒂蛋糕娃娃和我一起在海报旁蹲了下来。因为弗恩涂得又小又慢,所以我挑了其中一幅字不是很多的海报。沃内塔没有和我们一起,她跑到女孩安克通那边去了——安克通是她们的姓,她要和她们一起涂色。她这样做,我一点儿也不意外。

我听到中间的那个女孩问:"你妹妹怎么啦?"

沃内塔假装什么也没有听到,继续给"权利"涂色。

"她为什么抱着洋娃娃四处跑?"

直到这时,又爱炫耀又自得,说话又大声的沃内塔才不得不低声说:"她喜欢这个洋娃娃,就这样啦!"

弗恩在小黑圆圈里移动蜡笔,我听见她在小声哼唱"啦——啦——啦——"。

我听出来了,是以前收音机上播放的一首歌曲中的部分。当布伦达唱起"擦干你的眼泪"这句时,我和妹妹们就会联想到一位母亲要离开孩子的情景,也只有这时候,我们才会放任自己去想象有个妈妈在的日子。当电台播这首歌时,沃内塔、弗恩和我就跟着布伦达乐队一起唱"擦干你的眼泪"。我跟着弗恩哼起"啦——啦——啦——",我们的低音哼唱就像新筑起的一道坚固的墙,将那个嘲笑弗恩的安克通女孩完全隔绝在了墙外。

每当世界对我们不友好时,我们就会唱这首"啦——啦——

啦——"的歌。那美好的旋律，能将丑恶淹没。弗恩和我一边涂色一边唱，一旁的安克通女孩也唱了起来，似乎想要压住我们的歌声。

"你妹妹是个宝宝！你妹妹是个宝宝！"

我期待着沃内塔像她以往表现的那样，以口还口，以牙还牙，拿起蜡笔，拦在我和弗恩前面。

可是，沃内塔蹲在原地，整个人看起来越来越小，她任由那个安克通女孩欢快、兴奋而又大声地唱着"你妹妹是个宝宝"。

我停止给"放了休伊"涂色，转身对沃内塔的朋友说："闭上你的嘴！"

她停止了歌唱。

我对沃内塔更生气了，她应该多多保护自己的妹妹。

正在给"人人享有正义"涂色的年龄最大的安克通女孩停了下来，她站起来对我说："你不能叫我妹妹闭嘴。"

"我就要！"我全力回击。

她的身高和我的差不多，大约在读七年级，可这有什么关系。

穆昆布姊妹正好经过，及时阻止了我们，她提醒我们，还有更重要的事情做。

"尤妮斯姐妹，戴尔芬姐妹，握手言和吧！"穆昆布姊妹说。

我们勉强握了手，各自回到自己负责涂色的位置。我感到很羞愤，便将一肚子气撒在了沃内塔身上。

回塞西尔的绿泥屋子的路上，我冲沃内塔说："你应该站在弗恩一边！"

"就是！"弗恩说。

"我受够了站在弗恩一边。"沃内塔回应道。

"我受够了站在你这边。"弗恩说。

"你没有站在我这边。"沃内塔纠正道。

"站了。"

"没有。"

"有。"

"没有。"

"我站了。"

"你说说什么时候？"

"你打破小蓝茶壶的时候。"

"了不起，"沃内塔说完，还不忘加上安克通女孩刚刚唱过的词，"宝宝，了不起啊！"

弗恩气得挥舞着两个拳头，就要跳到沃内塔跟前。我一把抓住她的手："够了，住手！"

"我要说给——"弗恩的眼泪都要掉下来了。

"你要说给谁？塞西尔吗？她才不关心一个蓝茶壶呢！说给奶奶？爸爸？他们隔着千山万水呢！你要说给谁？"

"沃内塔，闭嘴。"我大声说。

沃内塔这才闭了嘴。

我原本计划要带着妹妹们在公园里玩一玩打发一下时间，等到塞西尔让我们回家再回去。可是眼下沃内塔和弗恩闹了别扭，又怎能一起去公园呢？于是，我们去了图书馆。沃内塔自己找了一个座位看书，我和弗恩在她旁边的座位上读《亨利和利博西》。

我们回到塞西尔的家，将帕蒂蛋糕娃娃等一些东西放在房间里。我找塞西尔要了买晚餐的钱，我约了弗恩一起去明记买炒杂碎，沃内塔说她不想去，也好，我和弗恩两个人去。

从刻薄明那里买了晚餐回来——其实她也没那么刻薄，只是我们习惯了那么叫她。我从她找给我们的零钱中拿出二十美分来积攒着打电话用。塞西尔不会想到这二十美分的，如果她问起来，我就还给她——我想她是不会问的。

我们在地板上铺好桌布，摆好碟子，做完祷告后，才开始吃。沃内塔瞬间变成了话痨。

我想可能是因为一路上都是我和弗恩在一起，这下她终于和我们在一起了，她很开心。可是在塞西尔看来，沃内塔有些过头了。塞西尔让沃内塔别那么多话，让她安静一点儿。沃内塔听了塞西尔的话，开始哼唱起收音机里的一首歌来："沉默是金，但我的眼睛还是能看到。"塞西尔惊讶地看着沃内塔，不敢相信自己怎么会有沃内塔这样的女儿。趁着塞西尔还未发飙，我给沃内塔使了个眼色，她便停了下来。

晚饭后，塞西尔收拾着餐具，我们则回到房间。

我们是这样回房间的：弗恩走在最前面，接着是我，沃内塔走在最后面。我应该早点儿发现沃内塔故意落在后面有些不对劲。很快，沃内塔的伎俩暴露了。

原来话痨沃内塔不和我们一起去买晚餐，就是为了干这件坏事——她用记号笔把弗恩的帕蒂蛋糕娃娃雪白的小脸涂成了黑色（除了粉红的嘴唇和两颊没涂）。不过说实话，弗恩整天抱着这个帕蒂蛋糕娃娃，又是摸又是咬，早就不如买回来时那么干净了。连弗恩自己都说，帕蒂蛋糕娃娃都快变成"有色"的了。

这时，弗恩尖叫了起来，声音比在康尼岛摩天轮上的叫声还要大。

塞西尔冲进了房间，拉开了她们。这还是塞西尔第一次这么近和她们接触。

"你怎么能让她俩打起来？"她转身质问我。

我什么也没说，只是想让她进来，用妈妈的身份压压她俩。

"回答我，戴尔芬。"

我耸耸肩。这就是我的回答。

"还有你，沃内塔！你这是怎么回事？怪不得你说个不停。"她把涂得黑乎乎的娃娃举到沃内塔的面前，说道。

接着，她又转身对弗恩说："你也不小了，可以丢掉这个东西啦！"

即使看到弗恩如此委屈，塞西尔依然不肯给她一个拥抱。她弯下身，只是为弗恩擦了擦眼泪，甚至都没叫弗恩的名字。

## 15.边看边数

我拿了一块象牙肥皂，还有塞西尔的毛巾，擦着帕蒂蛋糕娃娃身上的墨迹。我想起了奶奶告诉过我，衣服、地板或身上有任何污渍都要用力擦。每当沃内塔和弗恩在旁边疯玩时，奶奶就会对我说："用力擦，就像亚拉巴马州普拉特维尔附近的小镇女孩那样。不要把脑子里的东西都写在墙上，那样只会带来恶果。"

想到这儿，我抓起帕蒂蛋糕娃娃圆乎乎的胳膊和腿，用力擦着她脸颊和额头的每块墨迹，我的手关节都擦得酸疼了，没想到会这么累。沃内塔捡起黑色记号笔，似乎还想在帕蒂蛋糕娃娃身上多画上几笔，我连忙制止了她。

很快，我发现，用象牙肥皂或用吸尘器，差别都不大。记号笔的墨水沁入帕蒂蛋糕娃娃柔软的塑料皮肤里，不管是用溶胶、白洁垫还是别的材料，都已无法将帕蒂蛋糕娃娃洗白。它已经变成灰色的了，看上去就像被谁狠狠抓过一样。我已经无能为力了。帕蒂蛋糕娃娃曾经是弗恩形影不离的伙伴，以后却再也不能陪伴她了。我将帕蒂蛋糕娃娃里面的水倒干净，然后晾干之后收进行李箱，不想让弗恩看到她心爱的娃娃变成灰扑扑的。

我太累了，已顾不上协调沃内塔和弗恩之间的关系了。再说这件事也不像她们争抢一支金色蜡笔或者一块曲奇那么简单。我筋疲力尽,也指望不上塞西尔帮忙。果然如奶奶所说,我们不远千里投奔一个不想做妈妈的人有何意义?

我现在能做的,就是尽量把沃内塔和弗恩分开。比如弗恩和我一起洗澡,而沃内塔单独洗。再比如沃内塔睡上铺,我和弗恩睡在下铺。

我们离开塞西尔的家去吃早饭,和以往不同的是,弗恩不再找她的洋娃娃。

沃内塔还是昂首挺胸,一副目中无人的样子走在我们前面,只要看到她的新朋友——安克通姐妹,就会甩开我们。她和三姐妹中排行第二的贾妮斯一起朝裕仁·伍兹扔小石子。让她吃惊的是,还有人比她更讨厌裕仁·伍兹。

到了茶点时间,派特姐妹拿出了葡萄给我们吃。穆昆布姊妹告诉我们,这是加利福尼亚葡萄,采摘葡萄的移民工人们得为他们的权利而战斗。不过穆昆布姊妹的这番话并没起到什么作用,甚至大家都后悔吃了葡萄。教室里没有一个人说话,穆昆布姊妹宣布自由活动一小时。想到可以在公园玩一个小时,孩子们高兴坏了。不过我和弗恩并不想跟着他们。

派特姐妹在大学里有课,就先离开了。除了我和弗恩,其他孩子都去公园了。我想,要是带本书来就好了,比如那本陪我度过无数睡前时光的《蓝色海豚岛》。而现在我只能听着天美时手表的嘀嗒声。为了不让自己傻乎乎地站着,我问穆昆布姊妹有什么事情需要帮忙。

听到我的问话，穆昆布姊妹马上站起身来，她刚好有事情让我做。她让我和弗恩清点黑豹党每周的报纸，每五十份一摞交错叠放。她说年纪大一点儿的孩子会将这些报纸送到当地的商店或者他们自己拿去卖。在我和弗恩的整理下，这些报纸显得井井有条。

可怜的弗恩，她还没学会数数呢！她还在为帕蒂蛋糕娃娃生气伤心。她一下子数不到二十份，每次都只能重新开始，一遍遍重复。我清点的报纸堆得越来越高了，她前面五十份还没有数完。

"咱们就不能去公园里玩一下吗？"弗恩问我。

我想让她去，可我却不能这样做。"好了，弗恩。我们得把这些事干完。你只要数出十份，然后这样放着就行。然后，接着数十份，再这样放着。"我说。

我给弗恩示范简便做法时，穆昆布姊妹好像在一旁看着我，我甚至能感觉到她友善的目光。不一会儿，弗恩终于掌握了清点报纸的诀窍，她数完后，将报纸交错叠放在一起。她的那堆报纸越来越厚，虽然赶不上我的，但是一直在变多。忙起来的弗恩完全忘记了她的帕蒂蛋糕娃娃。

过了一会儿，穆昆布姊妹的视线已从我们身上移开。她应该是觉得我们做得不错，放心地做其他事情去了。

黑豹党的报纸要二十五美分一份。我可以一边堆放报纸一边浏览第一页和最后一页，只读那些一眼就能扫到的内容。我知道如果一行行地读下去，就是在偷读别人的报纸，用爸爸的话来说，就是偷窃。

每挑五份报纸，我就看一下头条。我保持着这样的节奏，一边清点报纸，一边读几个关键词。头条上图片比文字还多，所以我也看不了多少文字。不过有一件事是确定的，如果见到休伊·牛顿，我就能在大街上认出他。带着这种心理，会忍不住满报纸找休伊·牛顿。在报纸的某个版块上，他那张微微扬着的脸，就像纸钞上面总统的脸。现在黑豹党领导人被关在了监狱里，奶奶说他也是罪有应得。我数着数着，竟然看到了休伊的照片——他戴着贝雷帽，看着很酷却与众不同。我快速翻动着报纸，几乎每五秒钟扫过一份。文章讲的是休伊谈论鲍比，还附有一张人们抗议的照片，他们拿着的标语和我们涂色的标语一样，没准就是我们这些人做的，而我们很可能就是革命的一部分。这不正好就是一篇很棒的课堂作文嘛——就叫《革命的夏天》。我想读那份报纸，不是浏览，不是偷窃。我想折好一份报纸，好好坐着认真读每个字。

我好像忘记了数数，只顾着想象一个黑豹党举着"放了休伊"的牌子，完全忘了自己眼前的这一堆报纸是多于还是少于五十份。

"戴尔芬姐妹。"

穆昆布姊妹站在我跟前，面带微笑。

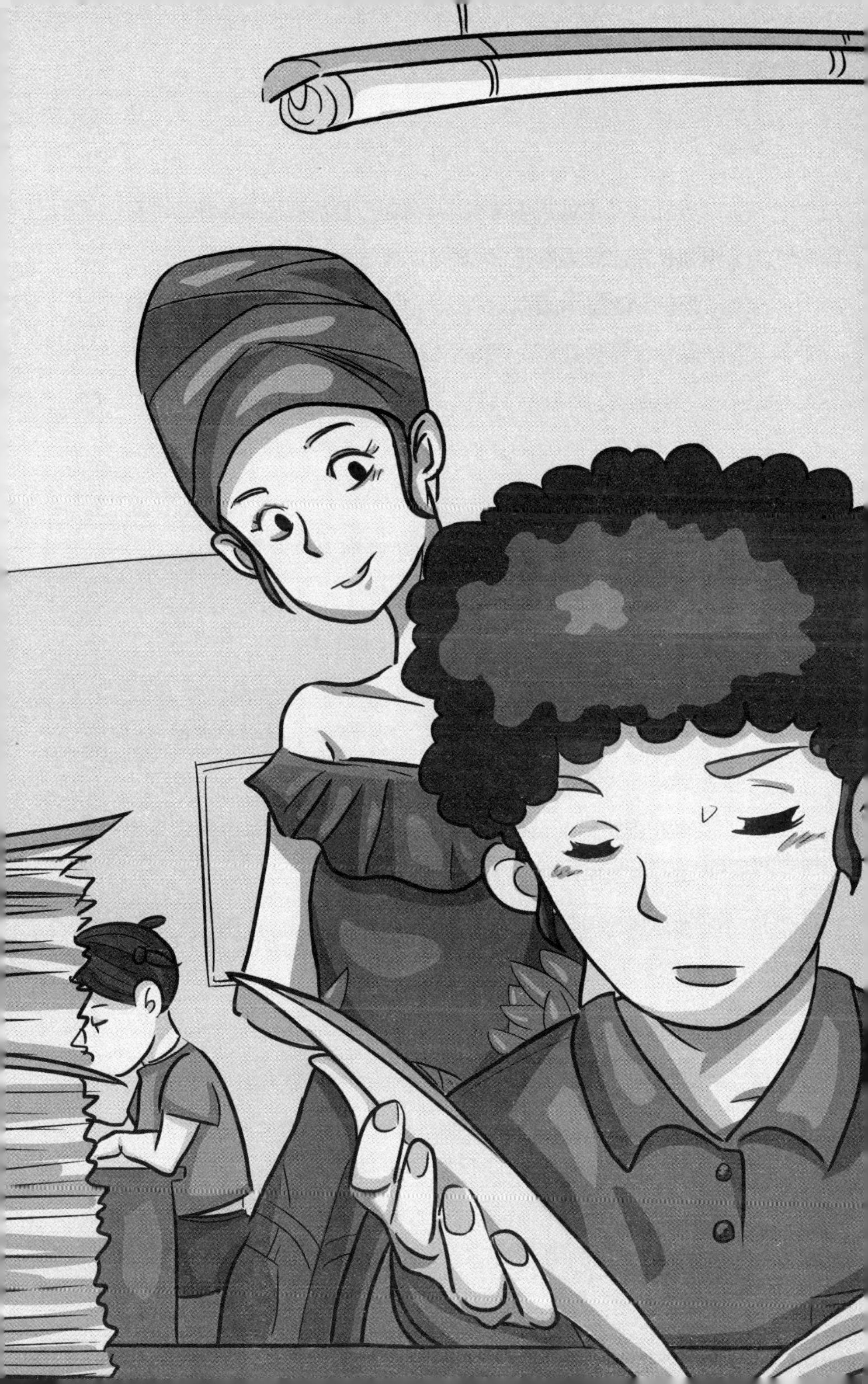

"神经病！"弗恩不高兴地嘟囔道。因为穆昆布姊妹的声音让她忘了刚才数到几了，她又得重新开始数。

"怎么啦？"我弱弱地问道。竟然没发觉她从椅子上站了起来，从背后一直看着我。我不该这么粗心。

"你想读报纸吗？"她问。

我并不是一个薄脸皮的人，但那一刻，我却感到很尴尬。不过，好在她只是一位老师，不是心理学家。

我不自在地点了点头，然后从昨晚的零钱里掏出二十美分，说："明天我再带五美分过来。"

她微笑着说："二十美分就够了。戴尔芬姐妹，你可以享受员工优惠折扣。"

我尴尬地道了谢，拿起报纸，对折两次，这样更方便过一会儿继续看休伊、鲍比和反抗者们。

现在，我们又没钱了，本来还想着从一美元中可以拿出二十美分给奶奶和爸爸打电话。

弗恩和我一起继续清点着报纸。

# 16. 大红年代

那天晚上，弗恩喊着肚子疼，她疼得睡不着，不停地呻吟着。"去马桶蹲蹲吧！"我告诉她。她依然趴在我身边又叫又喊。沃内塔大声喝止道："够了，弗恩，吵得我都无法睡觉了！"我和弗恩都没理她。但要是弗恩睡不着，我们都不能睡。我只好给她按摩肚子。她疼了好一会儿，也叫了好一会儿，才终于睡着了。

第二天早上，我找塞西尔要了买晚餐的钱，便和妹妹们一起赶去中心。既然我能揣着二百美元横跨三千英里的路程，那么怀揣十美元的纸钞外出十几个小时也绝不是问题。塞西尔也懒得问任何问题，她给了我十美元的纸币，还有一把大门钥匙，这样她就不用起身给我们开门。我知道，只要听到敲门声，她都会很害怕。哪怕是我们在客厅吃饭，只要听到一点儿响动，她就会下意识地去看看门，我猜她多半以为黑豹党又回来找她要东西了。

我很庆幸塞西尔没有多问就把钱给了我，我们姐妹三人在明记吃完了这个疯狂夏天里的最后一盘虾捞面和蛋卷。此刻，虾肉和面条混着酱料还有烤焦的蛋卷在我们的胃里翻滚着。刻薄明已顾不上对我们三个黑人女孩嚷嚷，她还有别的顾客要招待。

在中心待了一整天，我满脑子想着在塞西尔的家里做一顿饭。我们在公园玩了一小时,然后去了赛福威商店。我早已将要买的东西熟记于心。我挑了一颗大白菜,十七美分;一个洋葱,八美分;两个土豆,二十三美分;一包鸡腿和一包鸡翅,一美元四十七美分。要是奶奶在的话,她一定会说,鸡肉的价格贵得离谱,跟打劫似的。这些鸡是在阿拉巴马养的,也是在那里经过了杀、拔毛、清洗、炸等一系列工序。最后,也是最重要的,我拿了一罐西梅干,四十九美分。剩下的钱,足够我们给爸爸打电话了。

付过账后,我把零钱装进口袋,除了留下给爸爸打电话的钱,其他的都还给塞西尔。

"我们为什么不能吃比萨呢?"沃内塔抱怨道。

"或者虾捞面?"

"因为——"我以大姐的口气说,"我们不能每天都吃那些。"

奶奶会为我骄傲,我知道她期待塞西尔能有这样的生活水平,她期待我生活得更好。

"呸!"

"呸呸!"

她们可以这样"呸"一整晚。

"她不会让你煮的。"沃内塔说。

"她不会让你在她的厨房里。"弗恩补充说。

"就让她自己在厨房里煮。"我像爸爸那样温和而平静地说。

我把钥匙塞进锁孔,打开门:"去把手和脸洗干净,打打游鱼游戏,晚饭好了我会叫你们的。"

我走进屋子,发现塞西尔不在客厅,她很可能在厨房。我可不想在沃内塔和弗恩面前表现出一副害怕塞西尔的模样。我想象着,她把我们挡在厨房外的情景。塞西尔是那种看着弗恩渴得嗓子冒火,也不愿给她一杯冰水的人。她如此疯狂,也不知道接下来会做些什么。

牛皮纸里白菜和洋葱的香味刺激着我的鼻子,我无法像爸爸那样勇敢而冷静地面对她,我甚至不敢踏进厨房,于是,我喊了一声:"塞西尔。"

我没有喊她那个诗意的名字"恩兹拉",也许那样更能打动她,但要从我嘴里说出来总觉得不自然。

我想了想,决定豁出去了,于是又叫了声:"塞西尔!"这次声音更大。

她像是用力拍了一下柜子或桌子。不一会儿门开了,她低头看着我。

我抱着装满菜和鸡肉的袋子后退一步说:"我要做晚饭。"

她盯着我,没有说话。我不知道该怎么做,也不知道该说什么好。我掏出口袋里的零钱,递给她。她拿了零钱,随手塞进裤子口袋,眼睛却一直盯着我。那样的眼神让我害怕,让我觉得自己又愚蠢又渺小。

她终于开口说道:"你们怎么不去明记呢?或者去沙巴兹也好啊!"

在布鲁克林有一家沙巴兹，是黑人穆斯林开的店，主要贩卖鱼豆派。

我鼓起勇气说："我们不能天天在外面吃啊，沃内塔和弗恩的胃受不了。"

"你不能来我的厨房捣乱，这是我工作的地方。你们在这里会把东西弄乱的。"

"我不会弄乱。"

我站在厨房外，胸前挂着西夫韦超市的袋子。虽然我能照顾好妹妹们，但却不够勇敢。更重要的是，我不想让沃内塔和弗恩觉得我像一个拿着一袋杂物的傻瓜。

塞西尔把门推开。"我不想你来这里，不想你打扰我的工作，明白吗？"她在厨房里跺着脚埋怨道。

我走进厨房，发现这里比我们自己家的要宽敞，里面还有个饭厅，不过饭厅没怎么布置，只有一张桌子和一把椅子。我估计那张桌子是她用来放打印机的。我不想让她看到我在打量她的东西，便直接走到水槽边，开始掰洋葱，洗白菜，洗土豆，洗鸡腿和鸡翅。

她坐在机器旁，不停地抱怨着，然后站起来，拉开了一个抽屉，朝水槽扔来一个刨子和一把刀。那把刀差点儿砸到我的手。她扔的时候都不看一眼，只说了句："不要削到手指，我可没钱送你去医院。"

我能感觉到她正看着我做事。我削的土豆皮很薄，没一点儿浪费，很感谢奶奶教会我这项本领。

塞西尔嘟囔着问："那个鸡你要怎么做啊？"

"烤着吃。"我说。

"炸更快一些。"她说。

我指着牛皮纸："太油腻了！"我像爸爸一样温和而轻松地说道。那一瞬间，我又找回了自信。

"土豆你要怎么做？"

"和白菜洋葱一起煮。"

"好吧！"

我和她两个人待在厨房，有那么一瞬间，听着她敲铅笔和轻轻吟唱的声音，我感觉我们之间有一道光——只属于我们的一道光。我看着那道光一闪而过，没有时间去多想，我要忙手头的事情。接着，我又找她要一些肥肉。

她嘟囔着说："没有肥肉，没有腊肉，我的厨房里什么肉都没有。"

我摇摇头。奥克兰的人对猪很敏感，他们对盘子里的猪肉和警车里的"猪"（疯狂凯文就是那么称呼他们的）都很敏感。在布鲁克林，周末奶奶做饭的时候必加猪肉。奶奶和塞西尔差别这么大，我真是无法想象她们曾经生活在同一个屋檐下。

既然没有猪肉，那就用塞西尔有的东西吧！黄油、盐、辣椒，再加上洋葱。这股味道和奶奶厨房的很不一样，不过同样散发着新鲜食材的香味。

饭快做好了，我瞅了瞅塞西尔，她正在机器旁边认真而安静地忙碌着。她像是在拼图，只见她拿起其中一块，谨慎地放下，又细细地研究。她沉醉在自己的拼图中，完全忘记了我的存在。

我总算明白为什么她不让沃内塔和弗恩进她的厨房了。塞西尔专注于她的工作，而沃内塔和弗恩根本不可能安静，一旦她们进来，肯定会影响她。

我们在地上铺好餐布，盘腿坐下，就跟吃明记的外卖或是沙巴兹的炸鱼时一样。沃内塔和弗恩勉强地吃着。塞西尔吃光了她盘子里的食物，只剩下三根啃过的鸡骨。

"完全不像奶奶做的味道。"沃内塔说。

"当然不像啦。"弗恩跟着附和道。

"我们应该买比萨吃。"

"或者虾捞面。"

塞西尔伸手拿了沃内塔盘子里没动过的鸡腿，对我说："以此表达对你的谢意！"

妹妹们似乎并不珍惜姐姐的劳动成果，不过我并不在意。我对她们说："你们得习惯我做的饭。"

"我要和奶奶说。"沃内塔说。

"还有爸爸。"

"尽管说去吧！"我对她们说。

塞西尔吃完了沃内塔和弗恩剩下的食物，然后把盘子递给了我:"戴尔芬,这些都是你做的,现在你负责把盘子和勺子洗干净。"

我们用的是叉子不是勺子,但我没打算纠正她。沃内塔和弗恩溜回了房间,我接过叉子。虽然我做得不是很好,但至少等我回去的时候,我能问心无愧地对爸爸说:"是的,爸爸。你叮嘱的我都做到了,我尽全力照顾了沃内塔和弗恩。"经过这次之后,塞西尔竟允许我进她的厨房了。

"可别指望我帮你。"塞西尔说道。

"没指望!"我说。

"好吧!"然后她摇了摇头说,"我们在打破之前的规定。你想要自己的一点儿地方。如果我知道的你也知道,如果我看见的你都看到,你就不会像现在这样努力争取。"

我大概明白她的意思。

我将盘子叠放在一起,放进水槽里,然后打开热水冲洗。

"戴尔芬,自私一点儿不会死的。"她说着把我挤到一边,自顾自地洗着手,接着又去继续研究她的拼图。

# 17. 混血男孩

今天，穆昆布姊妹和派特姐妹将海绵剪成了不同的形状，我们要用这些海绵给我们的旧 T 恤做印花设计。我们用了红色、黑色和绿色的颜料，和塞西尔写诗用的墨水颜色，还有黑豹党让她打印的传单上的各种颜色一样。

穆昆布姊妹准备好了颜料。我下意识地想到，如果这些颜料弄到了沃内塔和弗恩的衣服上面，要洗掉会很麻烦。

穆昆布姊妹给了尤妮斯、裕仁和我两只空的牛奶箱子，要我们去大厅的池子里取水。

"先别弄这些颜料，等我把水取回来再说。"我叮嘱弗恩。

弗恩沉浸在自己的世界。我不在的时候，她可以好好待上两分钟。

穆昆布姊妹拍拍手，示意我快去取水。

我跟在尤妮斯和裕仁后面，只想着取完水，赶快回去。我承认，我喜欢大家把我当成这里的助理。沃内塔和贾妮斯都曾举手想要和裕仁一起当教室助理，结果没有如愿，这会儿正生气呢！尽管我不怎么喜欢尤妮斯，但我们都面对同一个问题：我们的大妹妹都迷恋着裕仁。裕仁大概十二三岁，他看沃内塔和贾妮斯就像看到害虫一样，时刻和她们保持着距离。

裕仁把我们带到池子边，将箱子灌满水。我仔细打量他的脸。他的头发就像松针,皮肤是古铜色的。他的哪种血统更多一点呢?是中国血统还是有色血统?沃内塔经常当着他的面提问,如果我是沃内塔,我会问他一些有趣的事情,我不会问"你喜欢矮个子女孩还是高个子女孩"这样的问题。

我知道自己的好奇心有点儿过头了,我不应该一直盯着他,或者打探他。就拿我来说,肯定也不喜欢被人问到诸如没有妈妈之类的问题。我感到有些内疚。这时裕仁已装满了两箱水。我暗暗告诫自己,得把对裕仁的这份好奇埋在心底,不要老盯着他又黑又长的睫毛和古铜色的皮肤看。可是,我还是忍不住想问他:作为一个有色的中国男孩感觉如何?不过我还没来得及开口就被他发现了。

"有什么事吗?"

我回过神来,故意问道:"我说了什么吗?"我暗暗庆幸自己如巧克力般棕色的肤色,看不出脸红。

"要拍张照片给你吗?那样的话,你想看多久就可以看多久。"

"我没有看你,小子!"为了保全作为女孩的矜持,我赶紧掩饰道。

尤妮斯看了我一眼。

不管怎样,我不能让这小子觉得我在看他,绝不能!

"如果你再用那块滑板在人行道上追我和我妹妹,我一定会好好教训你。"我说。

我们身高差不多。在此之前，我遇到的男孩都比我矮。

"我冲你们喊了，叫你们让开。但是你们自己来不及躲开，我又有什么办法呢？"他跟艾利斯·卡特、安东尼、安特尼，或者其他被我敲一下就跑开的男孩子不同，他的语气很平静，根本不在乎我的威胁。

"好吧！不管怎么说，你不能在人行道上玩滑板。"

"丫头，那不是滑板，"他骄傲地说，"那是我的卡丁车。"

"谁管那是什么呢，中国小子！"

他看了我一眼，扬起双拳，像是要扔掉两只箱子。他挑起一边的眉毛，问："中国什么？"

我们几乎同时脱口而出："中国小子！"

这时候，尤妮斯插话道："告诉你吧，他是黑人和日本人的混血儿。你看不出中国名字和日本名字的差别吗？"

我愣住了，忽然间意识到自己出了洋相。的确，我区别不出中国人和日本人的脸，我没有好好研究过，所以怎么会区别得了呢？看着裕仁，我的脸一下子涨红了。我才不要承认自己的无知，尤其是在尤妮斯·安克通面前。更重要的是，我不想跟裕仁这个蠢男孩道歉。

我转身面对尤妮斯，大声说："我不在乎他是谁，他在马路上玩滑板最好小心一点儿！"

"是卡丁车。"裕仁转身朝教室走去。

"裕仁，算了吧你！"我说。

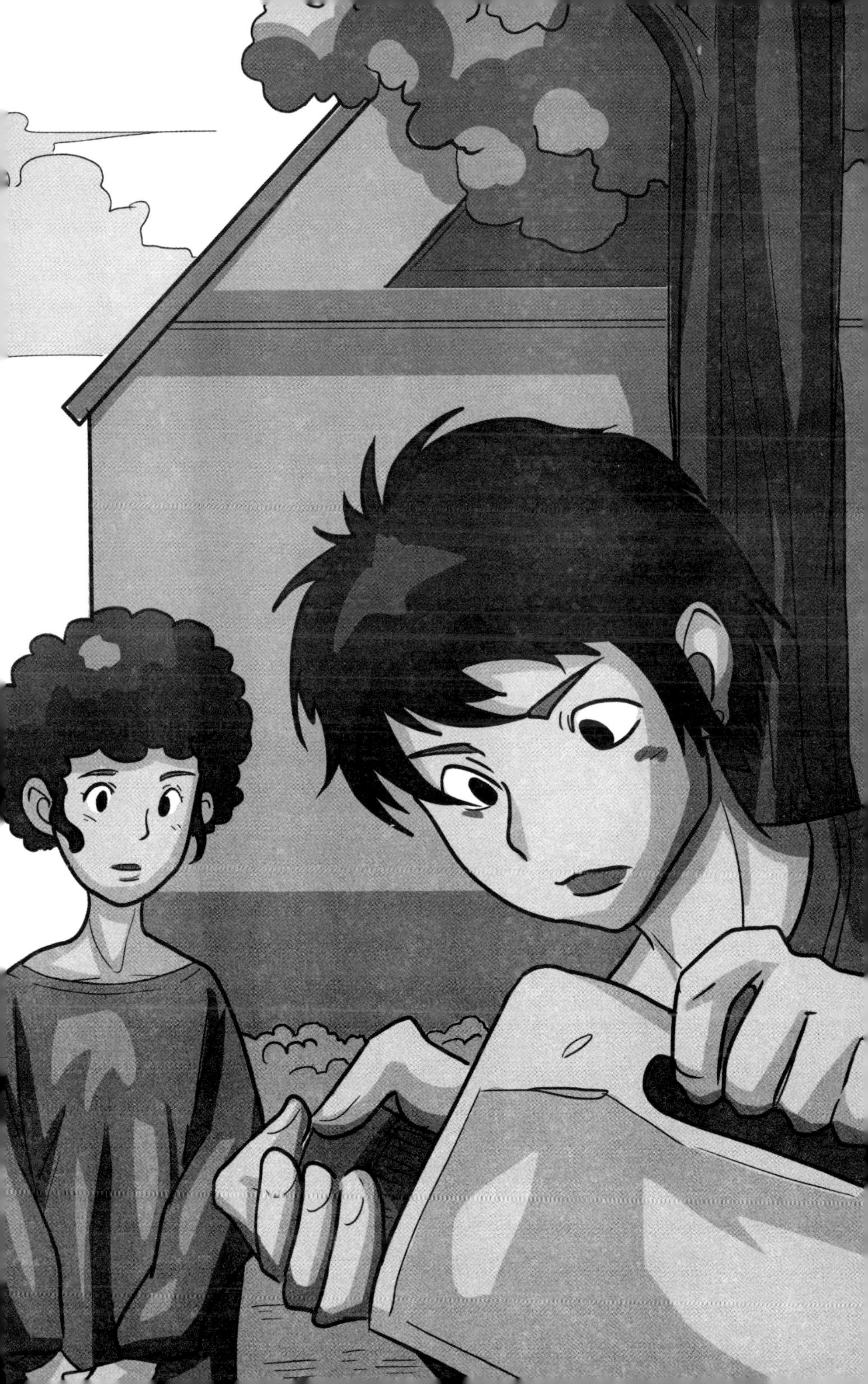

"戴尔芬,算了吧你!"他说。

"就没见过你这样的。"我补充道。

"说话这么粗鲁,太有失身份了!"尤妮斯说。

"我才不在乎。"我其实想告诉尤妮斯,比这更粗鲁的话多着呢。

她走到我前面,说:"你不知道裕仁的爸爸伍兹的事情吗?你不该招惹他。"

"裕仁的爸爸伍兹怎么了?"我忍不住问。

"你不知道吗?"尤妮斯扭身问道。

# 18.黑人节目

沃内塔和弗恩都认为，既然我能争取到在塞西尔的厨房做饭，那我就应该努力争取更多别的东西，比如一台电视机。我们的加利福尼亚假期真是太单调了，都没有什么可写的东西。超市里没有好莱坞电影明星的签名，周围也没有沙滩冲浪，我们也没有像在老家那样从后院水果树上摇下桃子、李子。除此之外，就算是很久没见的妈妈，在机场见到我们时也没有和我们拥抱哭泣。这个暑假没劲透了！

我很赞同妹妹们的想法。很多东西我们都没法拥有，但至少我们可以拥有一台电视机。这样，每周六我们就可以看看卡通片，晚饭后看看滑稽的表演，以及我喜爱的晚间新闻和犯罪新闻。此外，每周有五天会播放经常有黑人出演的《迈克·道格拉斯秀》。我们不会争抢电视，所以不会吵到塞西尔。如果她买一台移动电视，我们可以放在自己的房间，安静地看电视，她也不用管我们。接连看几小时《糊涂侦探》和《联邦调查局》，也没有人催促我们关电视，这才是真正意义上的假期。我琢磨着下次我们坐在一起吃饭时，就和塞西尔说电视的事。

我知道，塞西尔的心里只有她的诗歌，她喜欢安静的生活。而我们唯一关心的只有电视。于是我准备好理由，然后大胆地向塞西尔提出了这个要求。

可她却说:"没有人需要电视。"

"我们需要!"我反驳道。

"我们要看电视。"沃内塔说。

"是的,要看卡通节目。"弗恩跟着说道。

"还有晚间新闻。"我补充道。晚间新闻可以让我们了解世界。

"还有迈克·道格拉斯。"

"就是。我们想看《迈克·道格拉斯秀》。"

其实还可以看摩城组合、詹姆斯·布朗[1],以及艾瑞莎·弗兰克林[2]。

《迈克·道格拉斯秀》也不是唯一一个可以看到黑人的电视节目,《喷气》杂志每周都会预告所有黑人的节目。我和妹妹们几乎都成了黑人节目专业户。每次看类似节目,我们不仅要数一数节目里出现过多少黑人,还会关注电视上的黑人演员有多少台词。像《碟中谍》里黑人工程师的台词数起来就很容易,《霍根英雄》中的黑脑袋的台词也好数,当黑脑袋一句台词都没有时,我们便会给他计数"1",算是基本的出场得分。《星际迷航》里尤胡鲁上尉的出场我们也记了下来。我们甚至轮流装扮成她——虽然奶奶从来不让我们穿迷你裙,不允许我们穿太空靴。还有《金牌间谍》上映时,我们姐妹三人联手都数不清比尔·科斯比说了多少话。到九月,又将有一个黛韩·卡罗尔出

---

[1] 詹姆斯·布朗:是一位传奇的R&B歌星,Funk音乐的缔造者。
[2] 艾瑞莎·弗兰克林:美国流行音乐歌手,享有"灵魂音乐女王"之称。

演的新节目《茱莉亚》,这个节目全是她的故事。我们约好到时候一起喊:"黑人无极限!"

我们不仅数节目,还数广告。当播放黑人广告时,我们会及时冲进放电视的房间,从剃须膏、洗发水到防臭剂的广告一一数清楚。我们最喜爱的广告里有一个和弗恩长得很像的黑人小女孩。在广告中,小女孩咬了一口黄油面包说:"哈,妈妈,这是我吃过的最美味的黄油。"我们会学她的样子,用那种平淡而没有感情的声音说一遍她的台词。看那小女孩也不是很黑。于是,我们又傻傻地用有色人种的不同的腔调来表演这句台词。

我们想尽一切办法说服塞西尔需要有台电视。我们甚至向她保证,有了电视机我们就不会打扰她,她可以安静地做自己的事。听了我们的理由,塞西尔只是挥一挥手,说:"电视机就是一个编故事的骗子。"

"晚间新闻会在电视上播报,因为是新闻,所以真实可信。"我说。

她不满地嘟囔着。

"还有啊,天气预报员也会预报天气呀,这多重要啊!"

"看耍猴人耍猴。"弗恩手舞足蹈地说道。

塞西尔看着弗恩,一副不可理喻的表情。

接着,我们像戴维·琼斯、米奇·杜伦兹那样唱起了反抗歌,进一步和她"斗争"到底。比如:"我们来了。沿着街道走下去……"

第二天，我们从中心回到家里，看到房间里摆着一台收音机，塑料机身上还套着绳子，是一台二手收音机。沃内塔和弗恩尖叫起来，仿佛看到广告里的黑人小女孩站在我们房间里吃黄油面包似的。

# 19. 自豪的公民

我们从一年级就学习公民学。亨利大街上的消防局经常有消防演习，电影里也有涉及消防员、警察和市长的内容。是这些公务人员让我们的社会安全有序。电影告诉我们：每一个男孩——从埃利斯·卡特到詹姆斯家族，到安东尼家族，长大后都会成为社会的保护者。而我们女孩则被教导成为教师、护士、妻子和母亲。诗人这种角色却从未有人提起过。

我们在中心也要学公民学。老师教我们作为公民可以享有的权利，以及和警方打交道时如何捍卫自己的权利。穆昆布姊妹用的词是"警察"，而临时顶替派特姐妹的疯狂凯文喜欢说"种族主义猪"。他不知道他在说这种话时，也是在一点点地剥夺我们黑人自己的权利。每当从市场出来，都会有警车拦住我们，搜查我们买的东西。我们不能遭受这样的对待，我们得捍卫自己的权利。

课堂上，疯狂凯文似乎想要我们和他一样把警察喊成"猪"。他和裕仁说："我的伙计，裕仁，是谁砸了你家的门，逮捕了你的爸爸？"

裕仁立刻拉下了脸，脸色比穆昆布姊妹请他示范围绕着太阳旋转时还要难看。他扯着拇指上的一块皮。要是换作是别的男孩，我会觉得这样很恶心。可当裕仁这样做时，我却忍不住为他难过。

"警方。"裕仁说。

"是谁?"疯狂凯文重复道。

"奥克兰警方。"裕仁回答。

疯狂凯文瘦得跟皮包骨似的,喜欢到处问"谁?谁?"在教室里,我们得叫疯狂凯文为凯文兄弟。凯文兄弟似乎对裕仁的答案不太满意。

穆昆布姊妹也很讨厌她的这位助手,她走过来制止住了凯文。疯狂凯文似乎并不满足于站在那里问"谁?谁?"他很想和我们聊一聊关于人权的问题。

于是,他继续说道:"那些猪砸了一位越战英雄家的门,还给他戴上手铐,完全不尊重他作为公民的权利。因为伍兹兄弟对人们说出了真相,种族主义猪竟逮捕了他。"

裕仁想表现得心平气和,但却抑制不住内心的气愤和悲伤。他直直地看着我,又迅速移开目光。我想和他说点儿什么,却又不知道该如何说。

穆昆布姊妹对凯文兄弟来当我们的客座讲演者表示了感谢,并将他送出了教室。

"我不喜欢他,一点儿都不喜欢。"弗恩用力拽着我说。

我看了一眼尤妮斯·安克通。她在我之前就知道了裕仁家的事。裕仁的爸爸就是穆昆布姊妹所说的"自由斗士",是"政治犯"。他是因为替人民讲话才被抓进监狱的。

我们可以设想一下：当你的爸爸正坐在那里吃着晚饭，或者是一边看电视一边擦着皮鞋，你家前门突然就被砸开，警方冲了进来。你眼睁睁看着自己的爸爸被戴上手铐带走。

裕仁没有必要去想象这些画面。他目睹了整个事件。

曾经，我也为爸爸担心过。

那是两年前的夏天，奶奶比我们先回到了阿拉巴马，看望家人顺便照看她的房子。我们收拾好行李，驱车去阿拉巴马，妹妹们和我要在那里度过整个夏天。我们开了一天一夜的车，一路向南，离家越来越远。晚上，周围一片漆黑，我们开过高架，穿过伸手不见五指的小路，我感觉自己就像《绿野仙踪》里的多萝西。我默默告诉自己：戴尔芬，我们已经不在布鲁克林了。

爸爸把车停在一边，好让我们睡上几个小时。我记得沃内塔在我旁边睡得很香，弗恩和帕蒂蛋糕娃娃则躺在我怀里。我们都睡得很沉。迷迷糊糊中，听到有人猛敲车窗的声音，睁眼一看，发现有手电筒在车的前座后座照来照去，我们的脸也被照了个遍。仔细一看，原来是州警察。

爸爸摇下车窗，将驾照递给了警察，并告诉他们，他是要载着女儿们去阿拉巴马看望她们的奶奶。这些州警察一点儿也不像电影里的警察那样友好，他们没有给爸爸指路，也没有称呼爸爸"市民"或者"先生，盖瑟先生"。我听得清清楚楚，我听到州警察是怎么喊我爸爸的。我紧紧搂着弗恩，担心爸爸和警察起冲突。

到了奶奶家,我盼着爸爸给奶奶讲讲路上发生的事。这一路,我们没法停下来随地小便。州警察当时猛敲我们的车窗,他们对爸爸一点儿不客气,但爸爸并没有像卡修斯·克莱那样,狠狠地给他们一拳。而这些事,爸爸只是轻描淡写地提了一下,并没详细地讲。不过,我知道,爸爸最后肯定还是把奶奶给逗乐了。

奶奶问:"一路还好吗?"

爸爸说:"一路肯定是很平淡的,还是老样子嘛!妈妈,您懂的!"

# 20. 鲍比的集会

派特姐妹把鲍比·赫顿的照片放在其他革命党人旁边——这些人我已经能认出来了。后来我在黑豹党的报纸上读到关于他的报道。文章讲述了他的悲惨遭遇，表明人们希望用鲍比的名字给公园命名。我隐约记得，几个月前我和奶奶一起看到过这则新闻，也听说了奥克兰的枪击。现在，我们就在奥克兰，愈发能体会到当时那起枪击案的恐怖气氛。

鲍比·赫顿不是黑豹党的领袖，不过他是第一位加入黑豹党的成员，只比我大六岁，是最年轻的黑豹党烈士。

报纸上报道了小鲍比的事。当时，警方伏击车里的黑豹党，黑豹党钻进屋里寻求庇护，警方就开枪了，双方互相射击。接着，小鲍比出来投降，为了向警方表明他没有携带枪支，便脱下了全身的衣服，仅留了一件内衣在身上，结果却还是遭到警方枪击，小鲍比身中数枪，当场死亡。那时是四月，刚好是在马丁·路德·金被害两天后。

了解鲍比·赫顿的故事后，我开始观察来中心帮忙的黑豹党成员。不管是路过的还是巡逻的，我都会仔细打量他们。这才发现，他们都是青少年，稍微大一点儿的，也不过是和派特姐妹、疯狂凯文年纪相仿。我虽然无法忍受疯狂凯文，但看着他穿着"猪滚开"的T恤衫，还是不想他被警察枪击。

鲍比·赫顿事件让我既生气又害怕。生气的是，像鲍比那么年轻的人竟然就这样丢了性命；害怕的是，鲍比是和黑豹党在一起时出的事，那我们待在黑豹党的夏令营里不也是一件很危险的事吗？毕竟夏令营并没有教我们如何对付警察。而我呢，个头比同龄孩子的都高，没有人会觉得我是一个不到十二岁的女孩。来中心巡逻的警察会直冲进来，先开枪扫射，再问问题。天啊，简直难以想象！

其实我们不必去中心吃早饭，也不必在这里学习我们作为公民的权利。塞西尔既然已经允许我在她的厨房做过一次饭，那她之后应该也不会阻拦我在她的厨房煎鸡蛋或煮粥。待在塞西尔的屋子里也许是个疯狂的想法，毕竟她的屋子不是一个有爱的地方，但至少能保证我们的安全。如果爸爸知道我带着沃内塔和弗恩去夏令营，他会说什么呢？大概会责怪我吧！作为姐姐，我应该照顾好她们，不应该带她们去这么危险的地方，不是吗？

我要是没看那份报纸就不会这么纠结。我们依然会去中心吃早饭，给标语涂色，以及学习那些关于黑人人权的东西。可是——我偏偏看到了那则新闻，知道了发生的一切。

穆昆布姐妹说接下来的两个星期六，我们会参加一个集会，涉及释放休伊和将街对面的公园命名为"小鲍比·赫顿"的事。一听到鲍比·赫顿的名字，我就坐卧不安。我握紧拳头，脑子里一片空白。我读过报纸看过晚间新闻，知道集会意味着抗议，而抗议又意味着暴乱。

穆昆布姊妹看着我，满脸笑意。我敢打赌，她肯定以为我要讲讲报纸上的文章，或者说一些关于革命热情之类的话。

"对不起，穆昆布姊妹，我和妹妹们无法参加集会。"我说。

穆昆布姊妹一脸惊讶。

"别担心，姐妹。我认识恩兹拉姐妹，她会让你去的。"派特姐妹说。

"不是我妈妈不同意，是我不同意。我们不能去。"我很坚决。

"我们可以参加集会。"沃内塔连忙说道。

"我们为什么不能去？"弗恩追问道。

沃内塔和弗恩根本不知道事情的背后隐藏着什么，她们只是不想错过任何有安克通姐妹或者裕仁在的活动。

我瞥了一眼裕仁，他还穿着那件旧旧的奥克兰劫匪毛线衫。

穆昆布姊妹让我们安静下来，她说她晚点儿会找我谈话，接着便继续和大家讲集会，纪念鲍比·赫顿和释放休伊的事。之后，她说了一句完全击倒我的话："我们可以在集会上来一次特别的演出。"

妹妹们立刻兴奋起来。

"我们可以表演节目，可以一起跳舞，或者朗诵诗歌。如果谁会才艺表演，也可以展示一下。"穆昆布姊妹补充道。

我的心不由得一沉，"才艺表演"足够让弗恩和沃内塔动摇。穆昆布姊妹刚刚说完，沃内塔就蠢蠢欲动起来。

沃内塔真是个害人精，炫耀狂。对她而言，不管什么场合，即便弄得一团糟，只要能表演就好。弗恩呢，她唱起歌来像小鸟一样可爱，她和沃内塔一样，喜欢被关注的感觉，都经不住掌声的诱惑。

我没有那么虚荣，也没有要秀的才艺。即便我有才艺，也不会把自己置于欢呼的人群前。我跳舞是因为爸爸觉得所有女孩都应该学芭蕾和踢踏舞，并且还替我交了学费。我在唱诗班里，是因为奶奶觉得没妈的孩子会喜欢教堂里的气氛——不管我们需不需要。

之后的休息时间，裕仁和其他男孩开始练习空手道和柔术，安克通女孩们挤在一起讨论要表演什么节目。她们手舞足蹈，似乎在表演非洲舞蹈。我原本以为沃内塔会过去和她们一起跳舞，可她没有。"我们应该唱一首歌。"她对我和弗恩说。

"我们应该先唱一首歌，然后再跳一支舞。"弗恩也跟着说。

我还没来得及解释不能让她们表演的原因，她们又兴奋地喊道。

"我们可以像至上女声三重唱一样，当啦啦队。"

"我们可以做和至上女声三重唱一样的发型。"

"或者像蒂娜·特纳①一样狂野。"

"哦！我们可以唱自己的歌。"沃内塔说。

"是的，我们的歌。"弗恩附和道。

---

① 蒂娜·特纳：美国摇滚歌手，获奖无数，被人们称为摇滚女王。

我假装不知道她们说的什么歌。为了让我明白,弗恩和沃内塔哼出歌里前面的几个词提示我。"擦干你的眼泪。"

"不行。"我说。

她们唱得更大声了。弗恩的歌声响亮中透着点甜腻,沃内塔的歌声清润中透着些夸张。

"不行,我们不唱那首。"我坚决反对。

她们根本不理会我,只管放开嗓门唱最伤心的部分——妈妈必须离开孩子的那部分。她们又唱到"啦啦"那一节。

这时,大家都看着我们,我对着沃内塔和弗恩连"嘘"了几声,示意她们停下来。但是她们两眼闪闪发亮,神采奕奕。我已经无法把她们拉回到正常状态了。

"我们不唱那首歌。"我非常明确地对妹妹们说。

"为什么?"她们生气地问。

"这次活动是为了纪念鲍比·赫顿和休伊·牛顿,可不是为了让你们唱失去妈妈是有多伤心的。"我解释道。

可她们还是坚持要唱《擦干你的眼泪》。她们坚持要把一个不给孩子做饭的妈妈的故事唱给大家听。

"我们不能唱那首歌。"我态度坚决地说。

"就要唱。"看来,她们要和我斗到底了。

"她会过来看才艺表演,同时看到我们在台上。"沃内塔说。

"她会看到优秀的我们。"

她们以为这样唱一唱、跳一跳就可以改变塞西尔,怎么可能呢？难道她看了她们的表演，就会为离开女儿们很久而哭泣？就会亲自动手为她们做猪排、香蕉布丁？塞西尔不是那样的妈妈。她虽然改了名字，换了住处，可她还是原来那个冷漠的塞西尔，那个比我记忆中更可怕更疯狂的塞西尔。

"我们可以唱《擦干你的眼泪》，就像布伦达乐队那样唱。但是，你们要清楚，塞西尔是不会赶来集会为我们加油的。"我索性说道。

"塞西尔会来的。也没有人规定说才艺表演能唱什么不能唱什么。"她们说。

"那些人不是为了一台电视机而参加集会，他们是为了释放休伊，为了给公园改名字。到时候市长、法官还有警察都会出来阻止，集会上肯定会出乱子的。"我把内心的担忧都说了出来。

沃内塔又埋怨了："扫兴的人，杞人忧天。"

弗恩立马配合她。

我对她们说："我不会和你们一起唱的。"

穆昆布姊妹说她需要一个帮手。除了我，大家都举了手，不过令人惊讶的是，她居然点了我的名。

"戴尔芬，你怎么了？为什么不愿意参加集会？"她问。

"穆昆布姊妹，这太危险了。集会很危险。"我说。

她沉默了一会儿，说："我知道。"

"我必须保护我的妹妹们，我得照顾好她们。"我说。

她没有骗我，我也和她一样说了实话。要是她骗了我，我也不会这么坦诚。

穆昆布姊妹说:"我们会注意安全的,集会就是为了照顾这里所有的姐妹。团结一致,戴尔芬,我们得团结起来。"

我陷入沉思,得活着,我们一定要活着。就像小鲍比,比起被人铭记,他宁愿活着;相比牺牲后以他的名字命名公园,他宁愿活着坐在公园里。我想看新闻,但却不想出现在新闻里。我想得越多,心情就越复杂。明天我们待在家里,后天、大后天也要待在家里。我们坚决不参加什么集会。

# 21. 像吃了乌鸦

第二天早上,塞西尔站在我们房间门口问:"九点了,你们怎么还没有出门?"

"都是她的主意。"沃内塔指着我说。

"都怪她。"弗恩跟着说道。

"她不会带我们去中心的。"

"是的。她说再也不让我们去了。"

"戴尔芬,你到底做了些什么?"塞西尔质问道。

"我和穆昆布姊妹说,我们不会去参加释放休伊的集会,也不会回到中心。"我大声地说。

"你为什么告诉她那些?"

"太危险了!"我说,"警方朝一个和黑豹党在一起的少年射击,他们竟然对一个孩子开枪。"

塞西尔看着我,就像看一个傻瓜,似乎不相信眼前的这个女孩就是她的女儿。"有人朝你开枪了吗,戴尔芬?"她平静地问道。

"没有!"我感觉自己就像个傻瓜。

"他们拿枪对着你了吗?"

"没有!"

"他们往你手里塞枪了吗?"

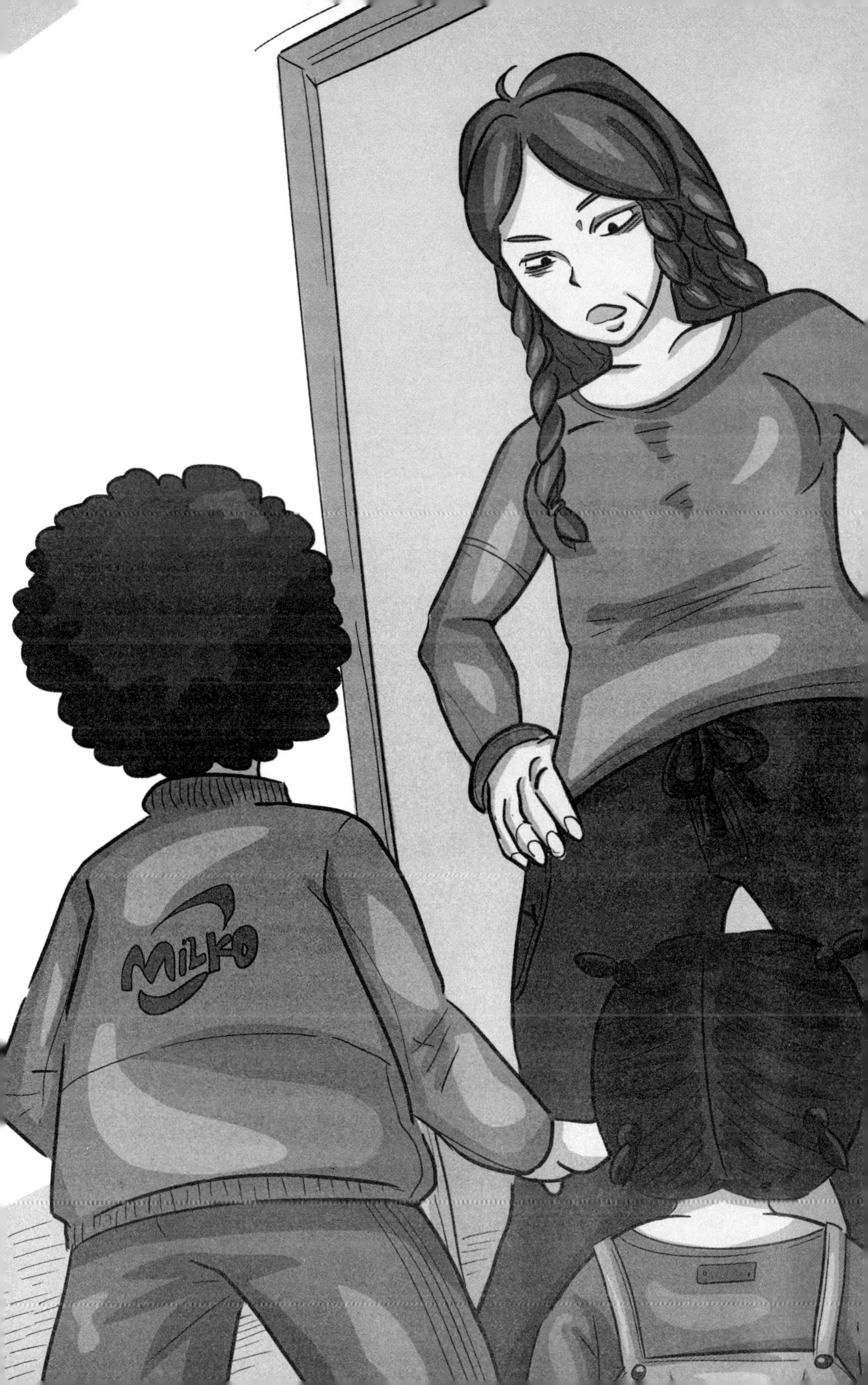
MILKO

"没有！"

"你们都穿好衣服赶紧走，他们应该还在供应早餐。"塞西尔说。

我简直不敢相信自己的耳朵，她居然让我们回到那个地方——我们有可能会中枪的地方。不过想想，也不用感到意外，按照塞西尔的性格，要是我们被警察射击，她不会在乎。这样一想，我很快恢复了平静。

"我们会去吃早饭，我们会去夏令营，但我们不会去集会。那里太危险了！"我告诉塞西尔。

"你俩，过来刷牙洗脸。"塞西尔朝洗手间示意，等沃内塔和弗恩都一起过去了。塞西尔走到我跟前，我突然害怕起来。

"看看你是用怎样的态度和我说话？你自己应该很清楚！"

我点点头——我一贯不是这样的。

"你又不是没嘴巴，我要你亲口回答。"她不满意我没回答，只是点头。

"是的，女士。"我客气地说。

塞西尔嘟囔着："你就跟你奶奶一样，脾气臭得就像一头乡下的骡子。"看来，比起我说我们不去参加集会，更令塞西尔生气的是，我说话的样子居然和奶奶一样。

塞西尔回到厨房不停地找借口唠叨着，一会儿说我，一会儿又说她不能让我们待在这里扰乱她平和的心态，说我们在她的房子里会干扰她工作。她一直说个不停，直到我们出门，真令人崩溃。

赶去中心的路上，沃内塔和弗恩都兴奋不已，她们一路嘻嘻哈哈。

"瞧，戴尔芬，你不能指挥我们的行动。"沃内塔说。

"当然不能！"弗恩学着沃内塔的腔调说。

"我们要去中心，我们要去参加集会。"沃内塔说。

"当然啦！"弗恩配合得很好。

"我们还要去唱我们的歌。"

"还有我们的舞蹈。"

"你不能和我们一起表演。"

最后一句话弗恩没有搭腔。我有点儿开心，弗恩还是很在意我的。

到了中心，我没有急着进去，只是跟在妹妹们后面。她们推开门。显然，早餐已经供应完了，而穆昆布姊妹的课也来不及去上了。我自责不已。

我们最后还是去了穆昆布姊妹的课堂，她没有让我们难堪，而是欢迎我们回到教室。她满手的手镯和之前一样叮当作响。她说，我们来得正好，刚好大家都在教室里排练各自的节目。《哈丽特·塔布曼带着奴隶们走向自由》这个节目需要更多人参演。哈丽特·塔布曼由贾妮斯扮演。我知道，这让沃内塔很生气，因为接下来的七天，她都没法成为舞台上耀眼的星星了。

后来，派特姐妹领着我们去院子里跳健美操。尤妮斯走过来坐在我边上。"还以为你们不会回来了。"她说。

"是不会回来了。"我说。

"那你们为什么在这里?"

尤妮斯问我和妹妹们为什么又回中心了。她总是喜欢多管闲事,我并不想回答她。

我耸耸肩,其实,平时我并不爱耸肩。

"你来告诉穆昆布姊妹,你和你妹妹不会再来,不过是想炫耀是你管着她们吧!"

"告诉你吧,是我在管她们。"

"哦,是吗?那你为什么回来呢?"

我想告诉尤妮斯·安克通的是,我们来这里是因为塞西尔要写诗,所以把我们赶到这里来了。

"因为……"而我欲言又止。

我想不出尤妮斯为什么和我们坐在一起。我突然感觉自己很蠢。我不需要谁坐在我旁边,来提醒这件事。

我的妹妹们在一旁玩得很开心。弗恩和年纪最小的安克通女孩碧翠丝在一起。贾妮斯和沃内塔几乎寸步不离裕仁。而裕仁则跟在他的朋友们身旁,左右奔跑躲闪着紧随其后的女孩们。最后,贾妮斯先跟上来了,转而又跑开。没有跟上裕仁,沃内塔显得很失落,不过她还是跟着贾妮斯一起嚷嚷。

尤妮斯打了我,还发出让人厌恶的声音。

"我不会去追裕仁·伍兹。"我说。

"我也不会。"她附和道。

我不想告诉尤妮斯等她上八年级的时候我才上六年级。不管怎么说,我确实比她要高一英寸。她说裕仁要上七年级了。

我夸赞尤妮斯的裙子很美,她给我看裙子里料的做工。她妈妈缝制的十字非常精致,不过她并没有扬扬自得,觉得自己的衣服比我的好。她也没有和裕仁·伍兹站在一起,鄙视不知道裕仁有一半日本血统一半有色人种血统的我。我突然觉得尤妮斯·安克通也没有那么讨厌。我们两个都是大姐姐;此刻,我们都看着年纪小的妹妹们在玩游戏、互相追逐嬉戏;我们都是家里的大女儿;我们知道很多相同的。

## 22. 蜘蛛小可爱

沃内塔从中心找来一本黑人诗集，不断练习着里面的一首诗歌。她准备好了，要是不能唱歌，就朗诵这首诗。

这首诗是格温多林·布鲁克斯的《我们真酷》，沃内塔要以诗人的感觉朗诵诗歌。一开始我和弗恩谁都没有鼓掌。她努力模仿站在游泳馆外的恶棍，又重复朗诵了一遍。如果奶奶听见沃内塔的声音，看到她一动不动像个乞丐一样站在角落，肯定会要求我们飞回纽约。沃内塔已经入了迷，她继续朗诵《我们真酷》里的每一句话："我们真酷，我们离开了学校。"声音洪亮，似乎生怕塞西尔听不到。

我本来想猛踹她一下，后来一想，她扰乱了塞西尔的平静，塞西尔要吼她，也不关我的事。于是，我任由沃内塔一遍又一遍地朗诵着《我们真酷》。

沃内塔是个完美主义者——不过仅限于那些帮她吸引别人注意或为她赢得掌声的事情。奶奶说，要不是沃内塔小时候在摇篮里叫塞西尔，而塞西尔却不抱她，她不会这么爱炫耀。以前她经常大哭，这些我都不想再回忆了。

我们房间的门开着，只见塞西尔躺在客厅破旧的沙发上面，她听到了沃内塔的声音。这首诗沃内塔已经念了七遍了，她肯定想每晚念上十遍，不过塞西尔可不会任由她这样做。当愤怒的跺脚声响了六次,塞西尔还是忍不住冲了进来。

"那句废话删掉,一点都不像诗。我闭着眼睛都能写出这样的。你觉得格温多林·布鲁克斯很有天分?"

她又跺了一下脚,这次她进了厨房,在门上重重地敲打。

回想起四年级时,我的老师会让同学们休息之后趴在桌上。我们会背诵诗歌来平复心情,为后面学习更多的科学和历史做准备。罗伯特·弗罗斯特、艾米莉·狄金森、康迪·卡伦、威廉·布莱克——这些优秀的诗人她应该都知道。我虽然不知道塞西尔的诗有多棒,但是我看到她在厨房里写诗,有时候写在墙上,有时候写在燕麦盒子上。在我们班,有谁敢自称认识一位诗人呢?而且这位诗人还是自己的妈妈。

我记得,有一天下午,我们背诵罗伯特·弗罗斯特的《马嗒嗒穿过雪地》时,我举起手告诉全班同学我的妈妈是个诗人。"好了,好了,戴尔芬,好姑娘是不会当着全班同学的面撒谎的。"彼特森老师说。放学后,她把我留了下来。她说她知道我妈妈离家出走了,她告诉我无论怎么想妈妈也不能凭空捏造一个妈妈出来。我被罚在黑板上写完二十五遍"我再也不会对同学们撒谎了"才能回家。写完,我还得亲手擦掉黑板上的字。

现在,当塞西尔让沃内塔删掉那句话时,沃内塔表现出一副又生气又可怜的样子。

去年,沃内塔为排练节目戴着翅膀慢慢练习走路,练习屈膝礼的时候更是用心地排练了很多遍。然而独唱的时候她跌倒了，为此难过了好多天。我总是在她低迷的时候，为她加油，直到她又变成那个叽叽喳喳爱表现的沃内塔。不过这一次，塞西尔批评了她，我却一点儿也不想安慰她。

"你噘着嘴干吗？你和她一样。"我说。她们都知道我说的"她"指的是谁。我这样说，就是为了狠狠打击她。我知道怎么鼓励妹妹们，也知道怎么刺激她们。

"不是。"

"你俩都这样。"

我们来回争论了几次，双方依旧坚持"不是"或"就是"。

"好吧，沃内塔，假设你要上电视。"

她听了马上振作起来。

"在迪士尼多彩世界演《小叮当》，可那是晚会，或者学校的才艺之夜，你的小女孩——"

"璐蒂·贝尔。"弗恩抢着说道。

"璐蒂·贝尔，"我暗自庆幸弗恩过来帮忙，接着说，"在《蜘蛛小可爱》中扮演一个角色。"

"穿着她蜘蛛小可爱的戏服。"

"她排练蜘蛛小可爱的歌舞好多天了。"

"是好几个星期。"

"整整两个月。蜘蛛小可爱——"

"爬上了水管。"我就知道弗恩会帮我奶声奶气地高声说。

如我所料，沃内塔正坐在一旁，一副目中无人的样子。

"一辆亮闪闪的白色凯迪拉克过来接你去上电视,当小叮当。可是你的小女孩——"

"璐蒂·贝尔!"

"璐蒂·贝尔穿着戏服站在门边,等着你带她去上天才夜校。你会怎么做?"

"很简单,我会带着我漂亮华丽的包包和行李,坐上白色凯迪拉克。"

"那穿着戏服的你的小女孩璐蒂·贝尔怎么办呢?"我问。

"是呀,穿戏服的璐蒂·贝尔呢,还想为她妈妈跳舞吗?"

我们每个人都知道没有妈妈坐在台下鼓掌的滋味。只有奶奶会来,爸爸偶尔按时下班也会到场。

叽叽喳喳爱表现的沃内塔说:"首先,我不会那么傻给她取名叫璐蒂·贝尔。我当上迪士尼的电影明星,我的小女孩会很开心。她会对同学和嫉妒她的朋友说,'我妈妈在电视上。我敢打赌你的妈妈只会做猪排,洗衣服。可我妈妈在电视上穿着可爱闪亮的衣服,挥着魔法棒,像个蓝精灵一样飞来飞去。'"

迪士尼让弗恩投靠到了沃内塔一边,看来都是受了蓝精灵和魔法棒的诱惑。弗恩想象着有一个有色仙女妈妈,眼睛都亮了。

"这就是为什么我说你像塞西尔的原因。你想做电视上的仙女,一点儿也不在乎你孩子们的感受,不管她们是否想你。"

正在这时,塞西尔来到了我们的房间:"收回刚才那句话!"

# 23. 活动的字块

我们又在中心度过了漫长的一天。那天晚上我进厨房做意大利面,看到炉子旁有一个二手小凳子,正是我所需要的。通常我会站在炉边,等着食物煮好,因此常常站得脚疼,不过我从未为此抱怨过。只是通过不断改变站姿来缓解疼痛,为此,我还学会了快速做饭。虽然允许我在她厨房做饭、洗盘子、收拾厨房,但她不喜欢我探头看她,也不喜欢我说话打破厨房的宁静。

现在有了凳子,我也不用站着做饭了。意大利面做好后,我的脑子里闪现出各种画面。我想象着和塞西尔安静地坐在一起。很久以前我就该和她坐在一起,不是在这间厨房里,而是在布鲁克林的厨房。那时莎拉·沃恩的声音遍布整间屋子,塞西尔怀着弗恩,挺着一个大肚子,沃内塔在一旁哭着要人抱。

毫不夸张地说,我天生就知道如何和塞西尔相处。现在,只要我闭着嘴,什么都不说,就可以和她在一起。而她呢,正自顾自地一边用铅笔敲着墙壁,一边酝酿韵律,随后在纸上不停地写着。

弗恩出生后几天,塞西尔就走了。不久,奶奶搬过来了。她对爸爸说:"那个姑娘呆得像只木鸡。"她说的是我。塞西尔才不管我生下来是聋了还是哑了,她撇下一切不管不顾就那么走了。奶奶带孩子的方式与塞西尔的不同,我待在奶奶身边,很快就学会开口说话了。

吃完意大利面后,我洗了盘子,清理了水槽。

这时,塞西尔冲我喊道:"你的手是干净的,过来帮我一下。"

我刚刚洗完盘子,我的手当然是干净的。不过,我还是用洗碗液又洗了一遍,然后擦干。

"就站在那里。"

我照她说的站着不动。过了好一会儿,她没有一点声音,我还是老实站着。当我无意中低下头时,看见一个平整的带着木条的架子。木条上有金属字,都是反着的。为什么是反着的?我知道这些字能组合出一行行字。

我想读出这些字。在打印机边上的台子上,有一张刚刚蘸墨的纸,上面写着:

**活动的字块**

我这里

推

那里

动

我那里

推

移动两格

买下这些方格

在我脚下

的土地

免费的

我踏着

这免费的方格

提高我的

租金

我

喜鹊

精华

信使

灯芯

轻轻打包,快快离开

我就是那个

活动的

字块

       恩兹拉

  她拿起那张纸,挂起来晾干。

  "我要按下去转动手柄。"她说。我大概明白她的意思。

  她转动打印机边上的杠杆,用力按住,压下金属和纸张。滚筒慢慢地旋转,纸张落在反面字的盘子上。

等纸张蘸满墨，她看着自己辛勤劳动的成果，似乎很满意。她又仔细研究着打印纸，举在灯下细细端详。诗歌印成了黑字，她的名字恩兹拉用的是很特别的字体，大大的，可爱又葱绿，还带着弧度。

我想着塞西尔的诗歌，猜测她写的可能和这个活动的字块有关吧！我知道，她喜欢这间绿色灰泥房子，喜欢待在厨房里，在这台大机器和这些反着印的字模上辛勤耕耘。这是属于塞西尔的幸福。

"看到这里了吗？"

我想伸手去触碰。

塞西尔立马严厉地说："我说的是'看'，不是'碰'。看！"

我点点头，将双手背到身后，照着她说的，只看不碰。

"这些是滚筒，你转动手柄，把纸张加进来。匀速加进去，如果加得不均匀，纸就浪费了。你只能慢慢摇手柄，不然纸和墨就都浪费了。"

我看着她一边转动手柄，一边往滚筒添加纸张。每次墨都在纸上平稳地铺开。她把每张纸挂起来晾干。

"继续。"她指着纸、手柄和滚筒。

我不知道如何操作。

"来吧，看看你能不能操作。"她说。

我从纸堆里拿出一张纸。为了保持纸张的平整，我小心地捏住两端，可我的手一点儿也不争气，总是忍不住发抖。我害怕做错，整个人紧张得不行，但我却不想让塞西尔知道。

我没有抬头看她，只是按照她提示的，慢慢转动手柄，很用力地转，直到纸张移到一边。真希望字全部印上了。

她拿起我刚印好的一张纸，指着"恩兹拉"的"恩"上的一点——这里没有放进滚筒。"纸浪费了。"她摇摇头。

# 24. 旧金山之旅

塞西尔不在乎我们去哪里，也不管我们周六周日做了什么——只要我们走得远远的，能够让她安静就可以了。

第一个周末，我们一边待在房间里玩钓鱼和井字游戏，一边期待塞西尔带我们去加利福尼亚有特色的地方好好玩一下。第二个周末，我盘算着我们得有个计划。那个周六太阳很好，很适合去海边捡贝壳做纪念。我和沃内塔还有弗恩穿上泳衣，戴上太阳镜——我们想要塞西尔带我们去海滩。结果，塞西尔一副"你们是谁，从哪个星球来的"的样子看着我们。最后，我只好带着妹妹们去了市里的游泳池。我们在水池里游来游去，水花四溅，弄湿了我们的头发。回到家，我们的头发都打结了，我问塞西尔能不能用她的热梳压压头发。

我原本以为她会马上拒绝，或者会抱怨"我一开始就没有让你们来"，毕竟在她珍贵的工作间整理头发会飘出浓浓的怪味，但我没有想到的是，她根本就没有热梳，也没有卷发钳——虽然她留着一头浓密的大辫子，但压根儿就没有好好打理。

在奥克兰的第三个星期六，我想出了一个更好的计划。我和妹妹们说："我们要去远行。"沃内塔和弗恩疑惑地看着我，她们还不太明白"远行"这个词。"我们自己坐公交去冒险。"

飞越三千英里来到米老鼠的家乡，满以为这里全年日光，有很多电影明星——可我们除了黑豹党、警车和穷苦的黑人，什么也没有看到。我当然不会傻到去好莱坞、迪士尼或者"保罗·里维尔和掠夺者"摇滚乐队拍摄《故事1968》的海滩。我计划着我们可以在加利福尼亚玩一天，穿过海湾去旧金山，然后搭缆车，再游览唐人街，看渔人码头和金门大桥。这样的话，这趟远行足够我回学校好好写一篇游记了。即使我们没有相机记录一路的惊险行程，但至少我们来过。

我告诉妹妹们："我先说，你们不要插嘴。"

"塞西尔，我们需要钱。我们计划好了整天的活动，我们出去活动得吃饭。"我说。

"好，那就吃吧。"塞西尔回答。

我转向弗恩，示意她千万不要吭声，她立刻就明白了。

"如果我出发前给她们做燕麦，就只需要坐公交的零钱，还有一点儿午餐费，如果您希望我们在外面多待一会儿，您就再多给我们一点儿钱。"

塞西尔微微皱了一下眉毛，但没有过多质疑。她伸手去摸男装裤的口袋，掏出一些便士、五分硬币、一角硬币还有二十五美分的硬币给我。我用双手接过这些硬币。她还从一团纸币中抽出十一张给我。看着这些钱，我有些眩晕，但很快便一股脑儿将它们塞进背包。我可以过一会儿再数钱，但从硬币的重量判断，已经超出了我们希望的十五美元。

我吃了燕麦，洗了盘子，然后把背包挂在脖子上，现在没什么可担心的了。

出门时,我们为这次远行兴奋不已。塞西尔在我们身后喊:"如果你们偷东西,晚上就只能在监狱里过夜了,我可不会去警察局!"这句话从塞西尔的嘴里出来,相当于"注意安全,玩得开心"。我们都明白,于是开心地离开了。

外面庭院和街道上到处都是尖叫着玩耍的孩子。作为大姐姐,我得让沃内塔和弗恩和平相处,并确保她们的安全。作为这次远行的策划人,我努力把要注意的东西都写了下来。我向派特姐妹打听公交和缆车,从图书馆查到所有观光的信息。

当裕仁踏着自制的卡丁车慢悠悠地朝我们滑过来时,我有种不好的预感。他刹住防滑运动鞋,卡丁车刚好停在了沃内塔脚边。沃内塔立刻满脸笑意地说:"裕仁,你知道吗?"她居然对裕仁讲了她和贾妮斯·安克通之间说过的趣事。我一点儿都不想听到。

"戴尔芬,想看我飞到山下吗?"裕仁说。

"不看!"我说。

我的妹妹们却尖叫起来。"看啊!"

我看了看天美时手表,还有十二分钟,东湾的公交就要开走了。我们没有时间站在那里看裕仁玩卡丁车。

沃内塔和弗恩双手交叉在胸前,等着看一出好戏。只见裕仁一路飞奔,腾空甩出一个"T"之后,就冲到山下去了。接近山脚时,他像摩登原始人一样拽起运动鞋,整个人瞬间停止

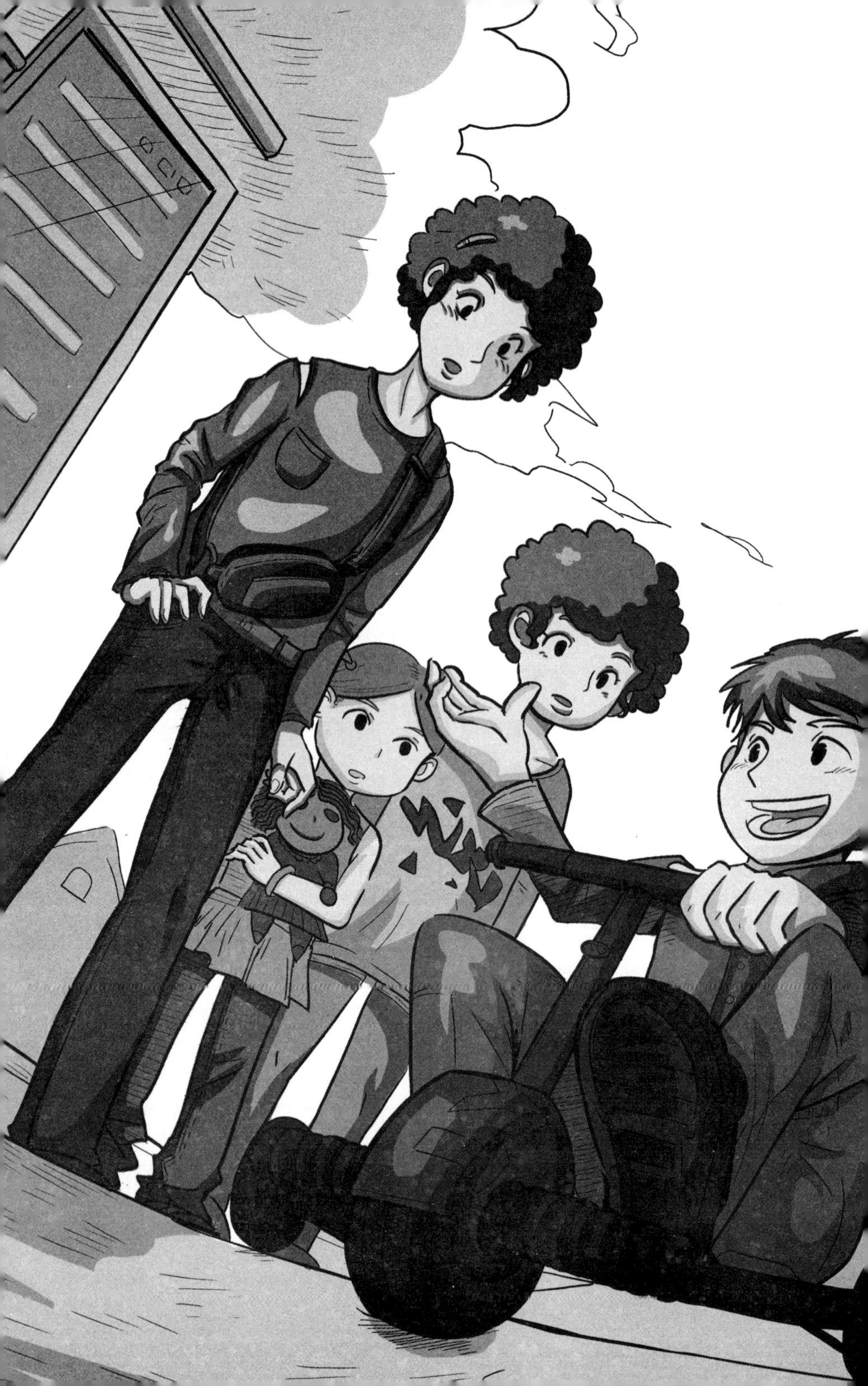

不动。随即，他跳起来朝我们招手。沃内塔和弗恩兴奋地挥手回应。

"咱们再看一次吧！"沃内塔说。

"这有什么好看的，而且我们已经看过了，走吧！"我虽然这样说，但又不得不承认，他跳上那块板，一路滑下山，左右翻转成"T"，然后迂回转圈，动作帅极了。也不得不承认，我很佩服他。他的爸爸被捕入狱，他并没有消沉，而是和正常孩子一样。尽管如此，我也不能让沃内塔误会，我也像她和贾妮斯一样对裕仁动了心。而且，我也不想错过公交，耽误我们的冒险之旅。

很快，公交车开出了又黑又穷的奥克兰。在奥克兰，成天有一帮人排队等着领免费早餐，还有一些人无所事事地围在一起，喝着小酒。这里看起来乱糟糟的。离开了这里，我们都很高兴。我们望向车窗外，各自看向不同的地方，不想错过任何景物。就这样，我们开启了冒险之旅。

我看着弗恩，只见她紧贴着车窗，自娱自乐地唱着歌，不知道她有没有想帕蒂蛋糕娃娃。她从刚学会走路时就一直很爱帕蒂蛋糕娃娃。在她很小的时候，就喜欢咬着帕蒂蛋糕娃娃，抱着它入睡，喂它吃奶，给它唱歌。而此时，这个被弗恩爱了七年的娃娃，已失去了宠爱。

我并不知道她是怎么想的。自从帕蒂蛋糕娃娃弄脏后，我就把它藏了起来。那段时间，我晚上都睡不安稳，担心弗恩醒来想起她的帕蒂蛋糕娃娃。我不想让弗恩伤心，不想她失去她一直爱着的东西，即使是一个娃娃也不行。

我想对弗恩说点儿什么，却见她用手捂住嘴巴，尖叫了一声——那声音就像是受到了什么惊吓。

"怎么了，弗恩？"我连忙问道。

她依旧捂着嘴，两眼睁得大大的。

"怎么了，弗恩？"沃内塔和我不约而同地问道。

她咽了咽口水，松开了手。"我看到了！"她又重复一遍，"我看到了！"一开始的激动变成了兴奋。她有节奏地拍着手："啪，啪，啪，啪。"

不管我们怎么问，弗恩一直摇头。她自顾自地拍着手唱着歌："我看到了。"

弗恩看起来很高兴。沃内塔却在一旁质疑她，觉得她根本就没看到什么。我记得她说过"戴尔芬"。

"戴尔芬。想看我飞下山吗？"她的声音在我脑子里响起。

# 25. 好希望有相机啊

一到旧金山,弗恩就不再唱"我看到了"。我们也不再追问她看见了什么。我们下了车,在公交站遇上一群无聊的嬉皮士。在布鲁克林,尤其是我们住的地方,很少看到嬉皮士。可现在,一群嬉皮士就在我们眼前。尽管我们知道,不能盯着他们看,但我们还是没忍住。这些嬉皮士大多是白人,留着长而乱的头发。你一定会忍不住看那个穿着红白绿墨西哥斗篷,或者蓬乱头发遮住脸的人。我想称呼那蓬乱的头发为非洲圆蓬发,只是长在一个白人头上,有些奇怪。

嬉皮士们坐在草地上,其中一个人在读一本小书,还有一个身穿斗篷的在弹吉他,有三个女孩在吉他手旁边跟着节奏摇摆身体。他们应该是出来抗议的,完成了任务,正在休息。草地上随处可见他们的标语:和平,禁令草案,不要战争,要有爱。

真希望我们有个相机,可以记录下这一切。

"和平,亲爱的姐妹。"穿斗篷的吉他手不停地点头,似乎是想让大家看看他打开的古他盒子。

"给人民力量!"我没有说"太棒了,伙计"或者"和平"之类的话,却只说了这句,我都不知道为什么自己要这样讲。

沃内塔说:"放了休伊。"

弗恩跟着说:"是的,放了休伊·牛顿。"

以前我们在收音机里听到关于嬉皮士女孩各种各样的歌曲，知道她们头上都戴着花，我们称之为花女孩。而现在，她们就在我们眼前。只见一个女嬉皮士带着梦幻般的眼神，慢悠悠地飘到我们面前，她从头上摘下一朵雏菊送给弗恩，接着又送了一朵给沃内塔。

"和平就是力量，亲爱的姐妹。"她说。

我们拿了花，在斗篷男人的吉他盒子里放下两枚五分硬币和五枚便士。虽然我能找到路，但我还是问了一下他，格兰特街怎么走。他告诉我们在东边。我们对嬉皮士做了个和平和力量的手势，就朝格兰特街的方向走去。

当看到街道上的金属轨道时，我们都很兴奋。乘缆车是我们的第二项活动，第一项活动是在唐人街观光。

踏上唐人街的那一刻，具有中国特色的建筑映入了眼帘。"那是一座寺庙。"我告诉妹妹们。我在《百科全书》和《国家地理》杂志上看到过这样的图片，但是照片和实物大不一样。当你亲眼看到那样的屋顶，你会忍不住惊叹：多像灯罩或者帽子啊！还有各种颜色的龙，诸如金色的，红色的，蓝色的，绿色的，粉色的。巨大的龙头上有大大的眼睛、长长的牙齿、吓人的龙爪。此刻，我再次觉得要是有一部相机就好了。

我们在唐人街吃了一盘饺子，喝了些免费的茶。吃饺子的时候，我们一开始都拿着筷子，却怎么也夹不起来，只好改用叉子。我们又找到一个专门做福饼的地方，被店员请进店之后，我们看到女士们将福条放进摊平的黄色面团中搓揉。我们一连买了十个福饼,花了一美元,得到福饼中的第一支好运签——远游。

"刚刚应验了。"我暗自窃喜。

我把其他粉白相间的福条放进背包留作纪念。现在,我终于可以毫不吹嘘地说,我们在唐人街吃到了真正的福饼。

我们呆呆地看着唐人街上所有的商品展示橱窗。绿色的玉器,陶瓷娃娃,立领的绸缎裙子。要是我们的钱再多一点儿就好了,我不禁有些难过。

"我想要一件和服。"沃内塔说。

"我也要,要一件蓝色的。"弗恩跟着附和道。

"和服是日本的,我们现在是在唐人街。"我装作什么都懂的样子,一本正经地告诉她们。

"不是一样的吗?反正我想要一件。"沃内塔态度坚决。

"当然不一样。"我告诉她,"我们只有五美元买纪念品。"

我们正争论中日服装的差异,却发现身边站着一家五口。他们高高的个头,金发碧眼。虽然我没看他们,但我知道他们在看我们。

我的心怦怦直跳,预感到危险正在向我们靠近,我决定带着妹妹们赶紧离开。

当我转过身,发现那五个人正冲我们微笑,他们有着高高的颧骨和白白的牙齿。他们朝我们招着手。

我以前见过白人,在电视上,在学校,在各个地方。但是眼前的这些人不像我见过的那些白人。他们的皮肤更白皙一些,头发不是黄色的,而是有点儿白。他们互相交谈,用的是我们听不懂的语言。他们没有拍寺庙,没有拍龙,也没有拍中国人,他们转过来将摄像机对着我们。沃内塔马上摆出电影明星的姿势——一只手放在脑后,一只手搭在瘦瘦的屁股上。我拽住沃内塔和弗恩的手说:"快走!"

我看了看天美时手表,快到下午一点了,我们得离开唐人街赶赴下一个节目——坐缆车。我们奔向街上的金属轨道,然后在一旁等待。只见一辆缆车从唐人街的最高处一路滑向渔人码头。我们上了缆车,交了车费。为了更好地俯瞰山下,我们都选择在车上站着。当我们往山下望时,发现街道就像舞动的龙一样在底下翻滚,我们激动不已。这时候我想到了裕仁,他大概对山知之甚少吧!

我们多希望有个相机,拍下这座蜿蜒的山啊。我们一路滑向山脚的渔人码头,伴随着叮叮响的铃声欢呼。

前面不远,我们就可以看到长着粗壮枝干的棕榈树。俯瞰那些高耸的棕榈树很有意思,它们高耸入云,树枝向周边无限伸展,看上去就像一个瘦弱的小孩子,懒散地躺在奥克兰某些人家黑黑的院子里。

离开时,我们轮流在过道上的望远镜里看到了金门大桥的全貌。那一刻,我恍若又回到了奥克兰的飞机上,有一种将世界尽收眼底的兴奋。那海上飞翔的海鸥,似乎也比在康尼岛乱飞乱叫的海鸥更有特点。这些鸟儿长着宽宽的翅膀,虽然离我们很远,但感觉似乎就在眼前。它们在望远镜里,显得很大。

海洋的气息,咸咸的海风,还有木头的清香和沥青的味道一起向我们袭来。我感受着,贪婪地呼吸着。可惜,我没法将这些气味装进瓶子里带走。有那么一瞬间,我忘了自己是和妹妹们在一起。随后,我想起了爸爸嘱咐我的话,便不再让自己沉醉于咸咸的空气中,不再想象和海鸥一起飞翔,不再幻想自己是个戴花女孩。

但还是很高兴我们来了这里,今天的感觉真是太美妙了!

之后,我们来到了码头的礼品店。柜台后的男人紧盯着我们。我想起出门前塞西尔对我们说的话。我们是黑人小孩,这个男人盯着我们,警惕着我们,他以为我们会在店里偷东西。

他问我们想要什么。

"我们是公民,我们需要尊重。"我就像在中心里穆昆布姊妹和派特姐妹教的那样回答道。

我抓起弗恩的手说:"我们走!"

我的脑子里已经装进了黑豹党的那些东西,随时都会不自觉地冒出来。我想这也没什么,爸爸应该也不希望我们在没有得到尊重的地方消费。不过我敢肯定,奶奶多半希望我们说"好的,先生""劳驾,先生"之类的话,希望我们向他们表明:我们和其他人一样是有教养的人。

我们继续沿着码头往前走,遇到一位驾着一辆木头马车售卖纪念品的老妇人。她的马车虽然没有礼品店漂亮,但车上的东西却不少,有贺卡、银勺子、顶针,以及写着"旧金山欢迎您"的小巧玲珑的杯子等小玩意儿,价格也便宜。我们花了五十美分买了十张贺卡。妹妹们各挑了三张,一张留作纪念旧金山远行,一张寄给爸爸和奶奶,另一张寄给越南的达内尔叔叔。至于其他的东西送给谁,到时候再看。有了这些明信片,至少可以证明我们来过加利福尼亚。

我们先坐了缆车返回公交车站,然后坐东湾公交回到奥克兰。一路上,我们叽叽喳喳,讲着这一路的见闻,有嬉皮士、高个金发白人、红黄色的龙、陡峭的山、缆车、海鸥、饺子等。我想,如果我们将这次的远行经历告诉塞西尔,她肯定会很吃惊吧!

想到塞西尔,我突然有点儿难过——我们在挑选纪念品时,甚至都没想到给她挑选一件,想到这儿,一阵内疚涌上心头。

"我们可真自私,竟然什么也没给塞西尔买。"我对妹妹们说。

"她什么也不会要的。"沃内塔回答。

好一个沃内塔,总是这个样子!不过弗恩和我也觉得她说得对。"肯定不会要。"我们附和道。

回到奥克兰,太阳依旧灿烂,我的心情大好。这趟加利福尼亚的历险经历对我们来说很值得,感觉棒极了,我总是忍不住回想。神奇的是,回来之后,我们改变了对奥克兰的看法。

在奥克兰，无论是在中心、公园、图书馆、市里的游泳池，还是在超市、明记。没有人会盯着你看，除非是因为他们不喜欢你的鞋子或者发型。没有人会因为你是黑人，或者他们觉得你会偷窃而盯着你看。我们开始喜欢奥克兰，即使这里并不是我们真正的家。

我们在刻薄女人明那里停下来，把身上所有的零钱都拿了出来，只留下两张美元纸币。"我们这些钱能买到什么？"

刻薄女人明对着厨房尖声喊了一句，十分钟后，我们拿到了一袋食物，那味道感觉像是鸡翅和炒饭。我想，吃一顿外卖应该没关系吧！说实话，我太累了，实在没办法做饭。我有点迫不及待地想告诉塞西尔关于这次旅行的事情。我想向她炫耀，我的计划做得很周详，甚至精确到了分钟，同时整个旅程也安排得很好。我想知道她的反应。

我们一路有说有笑，眼看离绿色灰泥房子只有一条街了，这时，我们看到了房子前停着三辆警车，我们不由得停住了脚步。

人行道上站着一排警察，警灯不断闪烁着。我们走近了一看，好心情瞬间消失。只见塞西尔和两个黑豹党的手被反铐在身后，在我们眼前被带走。

我简直无法呼吸。

## 26. 克拉克姐妹

我们和塞西尔就隔着几栋房子的距离。

沃内塔"嘿"了一声,弗恩似乎也迫不及待地想要跳出去,我赶紧拽住了她们,示意她们不要出声。

"难道他们就没有人权吗?"沃内塔问。

"是的,我们也懂权利!"弗恩说。

"别说话!"我的心怦怦直跳,"他们是黑豹党,是成年人,他们知道自己的权利。"我知道塞西尔并不是真正的黑豹党。

"可是——"

我制止住沃内塔。当我们来到屋前,看见所有的车灯都亮了。

塞西尔和抓捕她的警察差不多高。那个警察弯下腰和她说了一些话,她突然大声说:"孩子?我没有孩子,她们是这条街上克拉克家的孩子。"

我们离塞西尔越来越近了,警察能清楚地看到我们。我的肩膀、手臂还有腿简直就是塞西尔的翻版,而沃内塔那副满不在乎的眼神也和塞西尔一样,弗恩则是我和沃内塔的迷你版。

"她不是我们的妈妈,我叫戴尔芬·克拉克。"我说。

"我是沃内塔·克拉克。"

"我是弗恩·克拉克。"

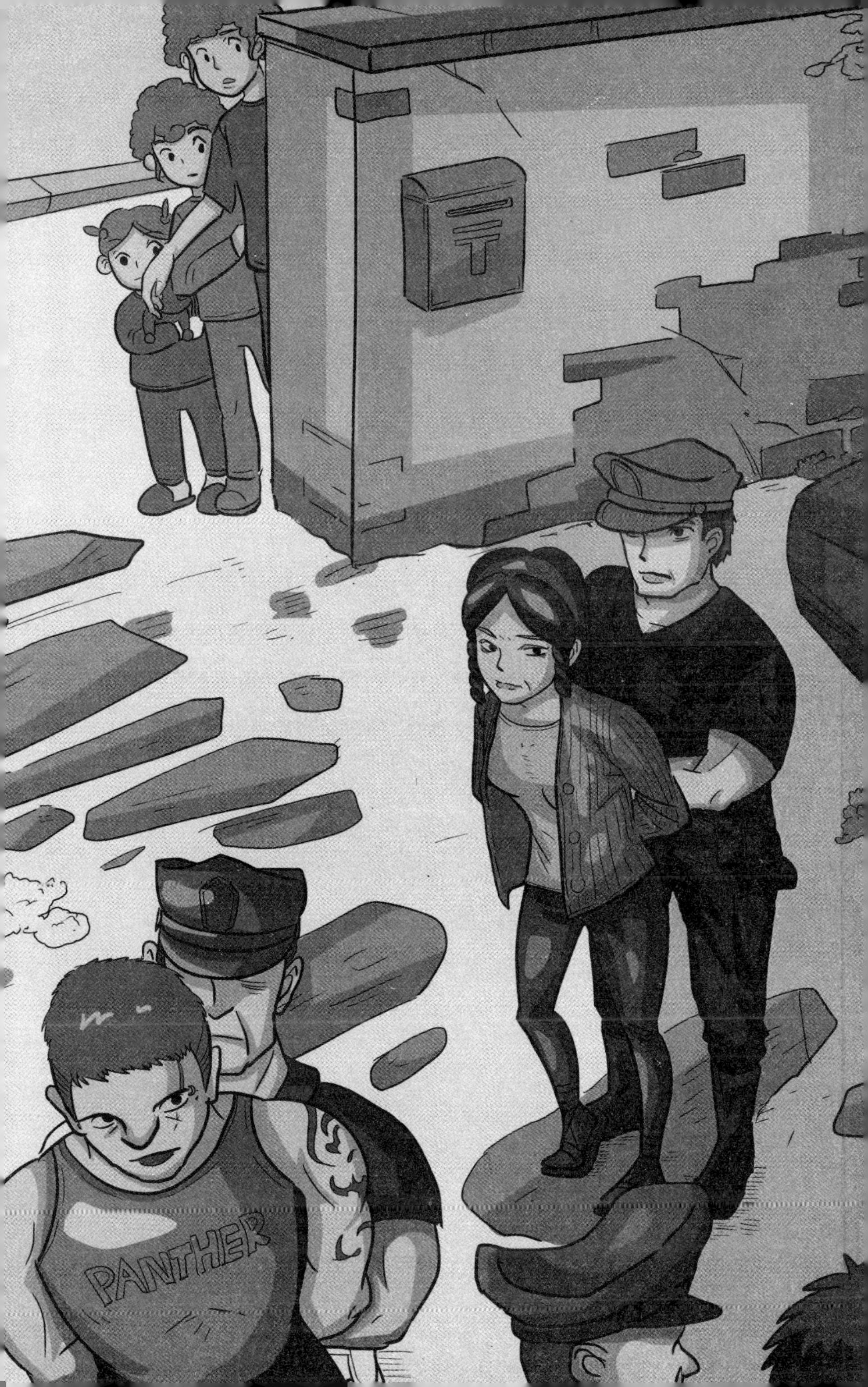
PANTHER

"我们住在这条街上。"

"和爸爸妈妈在一起。"

"是的,就在这条街的蓝色灰泥房子里。"

"不是和这位女士一起的。"我说。

"不和她一起。"

"我也一样。"

他们将塞西尔推到警车的后座。

"跟上。"我看都没看塞西尔一眼,示意妹妹们向前走。我们带着炒饭和鸡翅从妈妈身边走了过去,我们径直往前走,不敢回头。我的心怦怦直跳,包里的食物突然让我感觉很不舒服。

警察为什么要抓塞西尔呢?她写过的诗歌有《送我去非洲》,还有《活动的字块》。就算写反动的诗有罪,可她也没写过像《滚开,猪》《杀死白人》之类的诗啊!

我记得,穆昆布姊妹和疯狂凯文教过我们,在奥克兰,警察不会无缘无故逮捕一个人。除非你说了不该说的话,做了不该做的事。但如果你是自由战士,迟早会被抓起来。

"她为什么要说她没有孩子呢?"弗恩问。

"她必须这么说。"我回答她。

"为什么?"

"不然他们也会把我们带走,将我们分开,关进少管所或者其他鬼地方。"

"我可不想当少年犯。"弗恩说。

"她说得多轻松。'孩子？我没有孩子。'就跟说'虱子？我没有虱子'一样。"沃内塔撇嘴道。

"可我们不也脱口而出我们是克拉克家的，那么轻松就撒了个谎。"我提醒她。

"我是跟着你说的。"沃内塔说。

"我也是。"弗恩附和道。

"好吧！但你们要知道，我们不得不那样讲。你们也不想被送去少管所吧？那种像监狱一样的地方你们不会喜欢的。"

当我们转过身时，警车带着塞西尔和两个黑豹党开走了。

我们进了门。与裕仁家被踢坏的门不同，我们家的门还是好好的。客厅也未见任何异样。我推开厨房门，不觉大吃一惊。沃内塔和弗恩听见我大声喘气的声音，立刻就跟了过来。她们胆怯地往厨房里面看了看。

只见黑色红色的墨水洒了一地，满地都是撕碎和毁坏了的纸张。柜子里的抽屉也都被拉了出来。大大小小的金属字母被扔得到处都是，其中"E""S""A""T"的金属字母格外显眼，打印机和滚筒都摔在了地上，我的二手凳子也砸坏了。这是塞西尔的工作间，沃内塔和弗恩还是第一次看到。

我不知道究竟发生了什么。但我想，塞西尔一定很抗拒他们进这间屋子，抗拒他们闯进她的工作间。警察也许动了她的纸张，或者用粗笨的手抓起她的字条。我想，她一定非常愤怒。她不会说"我是市民，我有自己的权利"这样的话，但她和黑豹党也许要求过警察出示相关搜查证件,她也许奋力保护过自己的诗歌。

从那个砸烂的凳子就可以看出来,这里一定发生过激烈的搏斗。

而我们能做的,只有接受眼前的这些现实。

我找到三把叉子:两把在地板上,还有一把在水池里。我洗了三把叉子和三个盘子,然后来到了客厅。沃内塔摊开了桌布,我们坐了下来。吃饭前,我做了个祷告,祈祷上帝保佑塞西尔平安无事。受到惊吓的我们此刻又累又饿,值得庆幸的是刻薄女人明多给了我们两块鸡翅。

"在塞西尔回来之前,我们得把她的厨房清扫干净。"

"为什么?厨房不是我们弄乱的啊!"沃内塔说。

"我们没有弄乱啊!"弗恩跟着说。

"我们清扫厨房,就因为……"

"因为什么?"她们齐声问。

"因为塞西尔明天就能好好地回家!"我回答道。

我以为沃内塔和弗恩会走来走去地说:"噢,不,不是我们。"

那样我就会用不容置疑的口气说:"就这样,我们要动手清扫了。"

但结果却与我想的相反。

"如果她明天不回来呢?如果他们把她像伍兹兄弟那样关起

来呢?"沃内塔问。

"是的!"弗恩说,"他们会关着她,永远不放她走。"

她们的话也很有道理,说不定警方会把塞西尔关几天,甚至更久。

妹妹们等着我的回答,可我的脑子里却一团乱麻,生平第一次感到孤立无援,我什么都做不了,只能默默地收拾这一切。

## 27. 我诞下一个国家

那晚睡觉前，我擦掉了所有的墨迹。其他诸如纸、金属字条还有警察砸烂的东西，我想等到第二天再收拾。

这一天简直是度日如年！

第二天早上，我推开厨房门，发现这里还是乱七八糟的。清晨的阳光透过廉价的窗帘，仿佛提醒着我：姑娘，你还有很多事要做。

我开始整理厨房，先将所有东西都捡起来收好，然后一点点清洗擦拭。我感觉很累，可昨晚我明明比往常睡得要久。看着塞西尔的厨房，我深深地叹了口气，忽然觉得自己变得能干而高大。可是看到有这么多事情要做，我又忍不住叹了口气。我捡起残破的凳子座板、凳子腿以及一片片木条，这些都已经没用了，我只得把它们扔进垃圾桶。打印机实在是太沉了，我费了好大劲才把它扶起来。我把滚筒擦干净后摆在了打印机上。随后，我将沃内塔和弗恩从床上叫起来帮我一起收拾厨房。

沃内塔没有抱怨，不声不响地收拾着地上堆得像雪片一样的纸，然后将它们分成两堆：一堆是弄脏的和磨损的纸张，另一堆则全是关于集会的传单。印有恩兹拉名字的诗歌被压在集会传单的下面。沃内塔花了很长时间给不同的诗歌分类，她不禁读了起来。

弗恩帮忙捡起地上的金属字母，并把它们放在先前放置打印机的桌上。我从来没想过塞西尔的抽屉和橱柜里究竟有多少字母。她放了一箱又一箱，全都是各种大小写的字母。还有不同大小和字体的"T"。这些字母有些是方形的，有些是弧形的，有些是不规则形状的。像"O""Q""C"就是长的，其他的则是圆的。各种字号的，各种字体的，数也数不清。难道这就是塞西尔的诗歌所描绘的"活动的字块"吗？每个字母都可以任意搭配？

弗恩在地上找到两个特殊字母"N"和"Z"，这是塞西尔写诗歌时用的名字中的字母。我找出字母"I""L"和"A"，用洗碗布擦了擦。这些都是特殊字体，看上去高高的，而且有弧度，两端还带钩。字母"Z"不同，上下左右回环得像一条蛇。在她所有的金属字母中，只有这些最与众不同。而这些字母能拼出来的只有她的名字——恩兹拉（NZILA）。

清理完纸张、金属字母和地上的杂物，我擦拭了地板。我们把所有的字母和箱子搬到客厅，然后摊开桌布，将字母倒在上面，又花了整个下午分类。我们像是在玩找字母的游戏——找到正确的字母、正确的字体、正确的字号。我亲手把恩兹拉的拼写字母放进一个箱子。我们也不知道是否应该这样归置这些字母，但至少这样让人感觉很有规律。

沃内塔拿起塞西尔的一首诗，读了一遍。

"这首写的应该是我们吧！"她说，"瞧这标题　　我诞下一个国家。"

"也许你说得对。"

"肯定没错！"

"我们应该读一读这首诗。"沃内塔说着又读了一遍。这首诗和《我们真酷》一样，很适合朗诵。我们跟着沃内塔一起，每人一节，轮流读下去。最后，我们合上纸，一起朗诵最后一节。

过了一会儿，有人敲门，我们都怔住了。塞西尔被抓走了，又会有谁来呢？是黑豹党？是警察？问题是我们正在塞西尔的屋里。

我们瞬间化身为间谍。

"别出声！"我轻声叮嘱妹妹们，希望敲门的人在得不到任何回应后就离开。敲门声又响起了。我用手指抵住嘴唇，沃内塔探头往外看。

"是裕仁！"她喊起来，"他带着一个亚洲女士。"

我有些生气，沃内塔对裕仁也太疯狂了。不过知道是裕仁，我稍微松了口气。但想到他身边的亚洲女人，我的心又提到了嗓子眼。

我慢慢将门拉开一条缝。

"打开吧，打开吧，戴尔芬，是我，还有我妈妈。"裕仁大声说。

他妈妈？我看着妹妹们，妹妹们也看着我。沃内塔疯癫地挥舞着手臂，让我把门打开。我虽然不情愿，不过还是打开了门。裕仁的妈妈拿着一个锡箔平底锅。

"你好啊，进来吧，不过我妈妈不在家。"我招呼道。

我从来没和人说过"我妈妈"这几个字。

沃内塔和弗恩满脸微笑。

他们进屋后，我立刻关上门。

"戴尔芬，我知道你妈妈不在家。我知道的。"裕仁妈妈说。

"她很快就会回家，说不定明天就回来了。"我说。事实上，我对塞西尔的情况根本不了解，不知道她为什么被抓走，也不知道她会离开多久。

"你瞧，我妈妈做了好吃的。我饿了，我们一起吃吧！"裕仁说。

伍兹夫人听了，拍了拍裕仁的头，和他说了几句日语。然后，我们听到他说："妈妈，我饿了！"

我们没有桌子椅子，我觉得很尴尬。我们已经被嘲笑了一个夏天，我不希望明天到中心大家都知道这件事。

"我们经常在地上吃饭。"我试图解释。

裕仁妈妈似乎一点儿都不意外，她把平底锅放在地上，我拿来碟子、叉子，还找出了屋里最大的勺子。沃内塔和弗恩一边咯咯笑，一边不停地让裕仁多说一些日语。而裕仁呢，一副生无可恋的样子，冲她俩翻着白眼。

我们围着坐了下来，吃着米饭、菜豆和烤猪排。伍兹夫人吃饭的样子很优雅,而我呢,就像塞西尔一样,狼吞虎咽。裕仁也和我一样。这会儿,他又往自己的碟子里添了米饭和菜豆,见我快吃完了,也给我添了些米饭和菜豆。我只顾着吃,压根儿不敢抬头看他。

"事情我们都知道了。我们要团结在一起,坚持下去。"伍兹夫人说。

# 28. 沉默的超市

我把塞西尔印好的几张传单交给穆昆布姊妹。恩兹拉被捕的事，她和中心的人都知道了。她要我们三姐妹和她待在一起，直到恩兹拉被放出来。

我想，如果我们刚到奥克兰的时候，塞西尔就被抓，我一定会打电话给爸爸，爸爸会让我们坐飞机回纽约。离开塞西尔离开奥克兰是我当时最期待的事情。但转念一想，我们还不了解塞西尔，不能就这样离开她。在过去的七年里，我经常听奶奶大声唠叨塞西尔是如何自私，如何给大家带来各种麻烦，却从未听说塞西尔是个受人压迫的斗士。

我对穆昆布姊妹的好意表示感谢，并平静地告诉她，我们会和裕仁妈妈还有裕仁在一起。我不想尤妮斯姐妹知道我们住在伍兹家，尽管沃内塔承诺会保密，但我觉得她管不住自己的嘴。

穆昆布姊妹认为，我们和伍兹夫人在一起比独自在家更安全。

"他们还在监视着你们家。"派特姐妹告诉我们。

我问穆昆布姊妹，警察为什么抓我们的妈妈。她说警察抓塞西尔的同时，也抓了另外两个黑豹党的人。她告诉我，恩兹拉志愿做传单印刷，帮助扩散消息。"消息就是力量，给人们传达消息就是给他们传送力量啊！"她好像又在给我们上课。

裕仁的爸爸以奔走相告的方式传播真相，而塞西尔则不同，她以印刷传单的方式来为人们传送消息。想到眼睁睁地看着恩兹拉被人戴上手铐带走，我心里别提有多难受了。但听了穆昆布姊妹讲述她的英雄事迹，我又多少有了一些安慰。

"勇敢些，我的黑人姐妹！昂起头。"疯狂凯文举起拳头鼓励我们。

沃内塔回了他一个"赞同"的手势。这时，弗恩却指着凯文问："这幅画有什么问题？"

凯文笑了，在他看来，弗恩就是一个傻傻的小女孩，他第一次见她的时候，她就是这么指着他的衣服上的画问他的。

"好小子，你这个怪物！"弗恩回应着凯文，接着又吠叫起来，"汪汪。"

弗恩这个小鬼把凯文当成一条狗闹着玩，说他是怪物，并且对他吠叫。沃内塔和我在一旁尴尬不已。我赶紧将弗恩拉到了旁边。

弗恩笑起来，哼起她的公交车歌曲。"我看到了！"她边哼歌边拍手。

之后，我们排演了将在集会上表演的节目，贾妮斯·安克通扮演的哈丽特·塔布曼带领我们走向自由。排演结束，穆昆布姊妹宣布我们要做社区活动。届时，大家会带着恩兹拉的传单去社区，请商店老板张贴在橱窗上。我们每个人都要找一找商店经理或老板，然后礼貌、清晰地表明来意："下午好！我们来自人民中心夏令营，正在参加人民集会。我们请求您帮助社区的人,帮忙张贴我们这个周六集会的传单。"像裕仁、尤妮斯和我这样的大孩子,还要通知大家进行镰状细胞性贫血症检查和投票人登记,给穷人捐赠鞋子,支持休伊·牛顿及公园更名为鲍比·赫顿公园。如果商店经理答应,我们就先表达谢意,然后在他们的橱窗上张贴传单。如果他们不同意,我们也不必勉强,就要像来的时候一样有礼貌。"昂首挺胸,大踏步向前走。"穆昆布姊妹说。

裕仁第一个出发。他去了圣奥古斯汀教堂,给一位牧师(好像是他认识的)说明来意。他和牧师沟通起来很轻松,牧师好像很高兴给他张贴传单。教堂还答应提供免费早餐,还给穷人捐赠食物。

我本想找刻薄女人明的,我知道她肯定会答应。但我还是决定留给弗恩。

"刻薄女人明喜欢你,就由你去找她吧,弗恩!"我对弗恩说。

弗恩依照我的提议开始行动。我跟在她身后,始终和她保持着一段距离。她记不住所有要说的话,但是总体表现还不错。

"下午好,刻薄明,这周六有人民集会,我们想在你的窗户上张贴'释放休伊!''给人民力量!'的传单。"弗恩称呼她"刻薄明"时,这个女人也不计较。她所有抱怨的话都是用汉语说的,就像她抱怨顾客想拿免费蛋卷或者多要烤鸭酱那样。

沃内塔和贾妮斯·安克通一起去了沙巴兹西点房。她们也很轻松地同店主进行了沟通。这家西点房本来就贴着马尔科姆·艾克斯和黑豹党的口号。沃内塔和贾妮斯的任务都进行得很顺利。从西点房出来时,她们就像成功归来的击球手,兴奋地挥舞着手臂。

不是所有人都会答应我们的要求,有些人听了我们的来意后一直摇头,更多人还没等我们说完就要我们离开。每每这时,穆昆布姊妹就会鼓励我们,夸奖我们说话得体,离开时也很懂礼貌。整个过程,我们一直高昂着头。

我和尤妮斯则去了更难沟通的地方。我们去的是没有人说话的店,我们不能说话,也不能微笑。店里是一些板着面孔的成年人,他们不喜欢孩子,不喜欢黑人,或者是黑人小孩——我们对此已经习以为常。

尤妮斯遭到了三次拒绝,穆昆布姊妹把她拉到一旁耳语了一番。尤妮斯走路喜欢扭屁股,我不喜欢这样,但奶奶倒是很喜欢。当商店经理说不可以时,尤妮斯会说:"依然感谢您!"她说话的口气就像我们在运动场上说"讨厌,讨厌"一样。随后,她就继续扭着屁股离开了。我直接去超市找到经理,用最可爱的声音礼貌地说:"下午好,我来自人民中心夏令营。我常在你们超市买晚饭食材。"接着,我和他说了我们的集会,告诉他这件事对社区大有帮助。但是他拒绝了,还说这事"影响了超市规定"。不过他看着确实很友好。他还对我们在超市购物表示了感谢。

沟通失败后,我穿过农产品过道,穿过面包过道,走出了超市。我原本列在沟通名单上的，就是很难沟通的，而这家超市就名列其中。我想，我和妹妹们还有塞西尔宁愿吃蛋卷、白米饭、菜豆派和烤鱼，也不会再去这家没有人说话的超市买东西了。

## 29. 荣耀之山

如果裕仁看到我穿着睡衣或者无所事事，他会怎样想呢？会觉得我很奇怪吗？我想去洗盘子、拖地，可是接连五天，我还没开始做呢，伍兹夫人便会说："去外面吧！玩儿去吧！"

裕仁和沃内塔、弗恩在追闹嬉戏，而我就像一个旁观者，幸亏我带着书。我坐在走廊里，把书放在腿上。在翻书的间隙，我会偷偷看着嬉戏打闹的三人。裕仁和沃内塔、弗恩在玩老鹰捉小鸡的游戏。裕仁知道如何避开两个小淘气，好让游戏一直持续下去。他让弗恩来追他，眼看弗恩追不上时，他就停了下来。

裕仁没有兄弟姐妹，他很享受给我们做哥哥的感觉。

裕仁和妹妹们玩累了，我终于可以安心坐在走廊上看书了。我准备读完一章再回屋。我睁大眼睛、呼吸急促，沉浸在故事里。看着荣图大胜一群野狗，我在心里喊："荣图，抓住它们，抓住它们。"时间仿佛静止，四周一片安静。当我再次抬起头时，正好看见裕仁带着妹妹们站在我旁边玩着卡丁车。

"嘿，戴尔芬。"是裕仁的声音。

沃内塔和弗恩咯咯地笑起来。很显然，他们和裕仁是一伙的，准备吓我一跳。见我毫无防备，他开心地笑了起来。

"想试一下我的卡丁车吗？"他说。

我转了转眼珠子，想表现得成熟一点儿，以便显示我不想和他们玩这种幼稚的游戏。"我吗？玩那个东西？"

沃内塔和弗恩突然尖叫着想要再玩一次。

他用结实的高帮运动鞋碰碰我的运动鞋，说："很好玩，你会喜欢的。"

要是在这个星期之前，我肯定会说："你怎么知道我喜欢什么？"但现在，我不想故作成熟，也不想一个人无聊地待着。这一刻，我感觉自己像是回到了六年级跳舞的地方，于是我向他伸出了手，让他带着我滑，不过我始终不敢松手。我面无表情，身体僵硬，踏上卡丁车的那一刻，感觉就像跳舞时跟不上舞步一样。我感觉自己看上去肯定特别傻。

我低头看了看那块被放在金属架上的木头，前面是滑轮，后面是三轮。一头系着绳子，另一头有一块方形地毯。我从没见裕仁坐在这块方形毯子上。他滑行的时候总是弓着身子，双臂张开，两只手抓着T字把手，而且他身上竟然没有留下一点儿伤痕，太奇怪了。

"小子，你一定是疯了。"我说。

"别做胆小鬼了！你可以开动的，车子也很好转弯，你只要抓紧绳子站稳。"

沃内塔和弗恩在一旁看着裕仁如此体贴地和我说话，不禁偷笑起来。

"绝不，想都别想，我不会用你的街道滑板。"我说。

这次，妹妹们没有救我。我没听到"不上你的街道滑板"

或者"是的,想都别想"这样的话。相反,沃内塔和弗恩,主要是沃内塔,居然在我们身边又是尖叫又是舞动,请求我上卡丁车。

裕仁摇摇头,失望极了。"戴尔芬,我觉得你并不是害怕。"他此刻的言行举止真的很像一位父亲。

"我才不怕呢。"我小声说道。

"那就继续吧!"

"不!"

"胆小鬼!"

"我才不是!"

他把绳子递给我,拍拍地毯,说:"不用滑上山,就在这条街上滑。"

我不能让他觉得我胆小又没用,于是带着女孩的自尊,低声说:"就算上山我也不怕。"

我还没来得及多想,大家就开始帮我了。

我坐在卡丁车上,两只脚踩着横杠,裕仁在我身后一推,卡丁车快速地滑了出去。沃内塔和弗恩跟在我身后,在木兰大街上奔跑起来。真是有意思的一幕。我穿着运动鞋,弓着身子,抓着绳子,踩在转弯的横杠上。我已经无法控制自己了,唯一能做的就是一边紧紧抓着绳子,一边祈祷。

我连基本的平衡都保持不了,更别说其他的了。登上危险的卡丁车必须得有平衡感。我的感觉去哪儿了呢?我怎么就上车了呢,我有些生自己的气。而且坐在这个热热的木头板子上,让他们推着我从山上一路颠簸地滑下来,我会摔伤屁股的。不仅如此,我的腿、胳膊、手也会摔得惨不忍睹。我当着妹妹的面大声尖叫,已经无法想象接下来会怎样。

我抓着绳子,心都要跳出来了。

可是,没有人在乎我的感受。裕仁开心地推着,妹妹们则拍着手,唱着歌,跟在后面。我想象着,她们唱的该不会是"摔倒吧,戴尔芬,摔倒吧!"

很快,我们到了山顶。裕仁停了下来,我的手指不停地抖动着。

"别担心,安全着呢!这是我爸爸做的,非常结实!他还花了好几天用砂纸抛光。很棒,对不对?"

"嗯!"我点点头。

"我爸爸做这个的时候,我给他当的帮手。"他转动着 T 型转环,"是真正能转弯的轮轴,很适合比赛。不会转弯也不要紧,你只需要直着走,一路稳住就好。我爸爸可厉害了!"他对我点头微笑。

我猜他会跟每一个女孩炫耀他爸爸吧!可能他自己也觉得不好意思,便清了清嗓子说:"戴尔芬,准备好了吗?"

我没有吭声。

"用你的运动鞋减速,直到停下来。"他说着抬起我的脚放在正确的位置,这个位置正好能让我转动脚踝,这样我就能像他那样稳住卡丁车,"记得哦,你不用控制,它会直线滑下去。你只需要像这样滑动运动鞋就好。"他轻轻地把我的脚移到一边,他的鞋底部居然还有一个鞋底,看上去真有意思。

"掌握平衡。"他告诉我,然后像大哥哥一样喊来了沃内塔和弗恩,指挥她们说,"推啊!"沃内塔和弗恩一边推一边尖叫起来,简直太疯狂了!

"呀!"我抬起头,又害怕又兴奋。

我感觉背后有六只手,他们把我推了下去。脚下的地面疯狂地颠簸起来,耳边传来隆隆的响声,我满脑子担心卡丁车跑偏。妹妹们和裕仁在我身后高声欢呼。

卡丁车在飞快地滑行中,金属滑轮擦碰着人行道上的小碎石子。我一会儿朝左一会儿朝右地倾斜,于是,我伸直膝盖,找到平衡点。卡丁车一路前行,我整个人慢慢平稳下来。

裕仁告诉过我,人行道上有一个弯道。我觉得这个弯道简直就像唐人街的龙一样歪歪扭扭,太危险了!卡丁车越跑越快,我能感觉到脚底的轮子碾压在混凝土的地面上,它们彼此排斥,相互厮杀,像是要把我从弯道上甩出去。我尖叫起来,声音大到连自己都吓了一跳。我从来没有尖叫过,这次却叫得撕心裂肺。我仿佛步入生命中的巅峰时刻,体会到了某种荣耀。

沃内塔、弗恩和裕仁都跟在我的身后,很快裕仁冲到了最前面,他在另一头等着我。我们全体会合后,裕仁负责带队,沃内塔和弗恩在我旁边欢呼雀跃。

## 30.第三件事

谁会想到二十张传单会带来一千多人到公园里集会？绿色公园的每个角落都挤满了人，有些人甚至爬上橡树，攀上树枝。他们将在这里参加一场盛大的黑人活动，一场壮观的黑人集会。随处可见穿着T恤衫的大学生，他们正在给来做镰状细胞性贫血检查以及投票的人做登记。还有来自全国各地的黑豹党，他们穿着印有黑豹党图案的天蓝色T恤，在公园里巡逻。除此之外，还有警察，他们举着木头球棒，笔挺地站着。

不过我一点儿也不害怕，反而有些兴奋。

"你瞧！"手上戴着好几个手镯的穆昆布姊妹，朝参加集会的人挥动着手臂，就像在对成千上万的人挥动魔法棒一样。

看着这么多人被召集来到了这里，感觉我们的付出没有白费。之前，我一直以为这些来参加集会的人们是通过我们夏令营得到的消息，事实上，广播通知、黑豹党报纸以及大家互相告知，也起到了不小的作用，只是当时我压根儿没想到这些。此刻，我多么希望塞西尔、爸爸和奶奶也能看到这一幕啊。

孩子们的表演被安排在最前面，接着是演讲、奏乐和成年诗人朗诵。派特姐妹在麦克风前跟着我们。虽然我们的表演很笨拙，但我们还是按照排练的顺序演完了。贾妮斯·安克通第一次听到如此多的麦克风传出自己的声音，吓得后退了几步。

不过，很快，她调整好状态，继续演出，比叽叽喳喳爱表现的沃内塔表现得还要好。贾妮斯对我们这群逃跑的奴隶挥舞着银枪，她在派特姐妹给的台词上稍做发挥，得到了观众的赞赏。

"哈丽特·塔布曼，"她这样宣布道，"要么做胆小的奴隶，要么得到自由！"之前给她安排的台词是"我没有丢下任何一个人"。人群一阵骚动，贾妮斯更激动了。尤妮斯踢了下贾妮斯，就像我偶尔踹沃内塔那样。于是，贾妮斯不再对我们挥动银枪，她继续照着派特姐妹给她安排的台词表演。

哈丽特·塔布曼解放了奴隶，裕仁和男孩们展示着他们的卡丁车特技。尤妮斯、贾妮斯和碧翠丝戴上她们妈妈做的非洲印花头巾。

我很肯定贾妮斯大声又夸张的表演会让沃内塔特别嫉妒。接下来上场的是沃内塔，她将身穿可爱的舞台装登台。但是在等候上台时，沃内塔非常安静。我担心沃内塔低迷的心情会把表演搞砸。我知道，沃内塔一旦安静下来，通常就表示她害怕了。这就意味着，万一她表演失常了，我就要表演她的舞蹈；万一她上台目瞪口呆，我还得补上她的台词。不仅如此，在接下来的两个星期我还得安慰她那颗失落的心。

"沃内塔，你准备好了吗？"

她点点头。

此刻，我真的是要疯了。坚持要唱《擦干你的眼泪》的是沃内塔，这次要朗诵《我们真酷》的也是沃内塔——尽管塞西尔不看好。"我们得朗诵这首诗。"沃内塔就是这么说的。现在看来,又和以往一样,我得随时准备为她收拾残局。

"沃内塔,别让我动手打你!"我提醒道。

"你最好别打。"她说,"告诉你,我准备好了!"

很好,虽然只有几个字,至少她开口了。

"我准备好了,我真的很像弗雷迪,我完全没问题。我知道班上有个叫艾迪的男孩,艾迪·拉森,但是他没有准备好。"弗恩大声说。

沃内塔和我对视了一眼,转而都看向了弗恩。"弗恩,你在讲什么呢?"沃内塔问。

弗恩微笑着唱起来:"我看到了!"她又像之前我们在东湾公交上那样拍着手。

空手道男孩们已经走下了舞台,观众们还沉浸在刚才的兴奋中。我有些担心沃内塔。

这时,裕仁跑了过来。"干得漂亮!"我称赞他说。

派特姐妹推着我们上了舞台,我们站在台上面向所有的观众。轮到沃内塔介绍了,她得报出我们所朗诵的诗歌的名字,并告诉观众这是妈妈写的诗。可是她什么都没说,只是瞪大眼睛,脸色发青。

我知道只有两件事能激发她,便小声对她说:"裕仁在看着呢!贾妮斯也希望你好好表现。"

沃内塔的脸红得像个桃子,她就像戴安娜·罗斯演唱《全

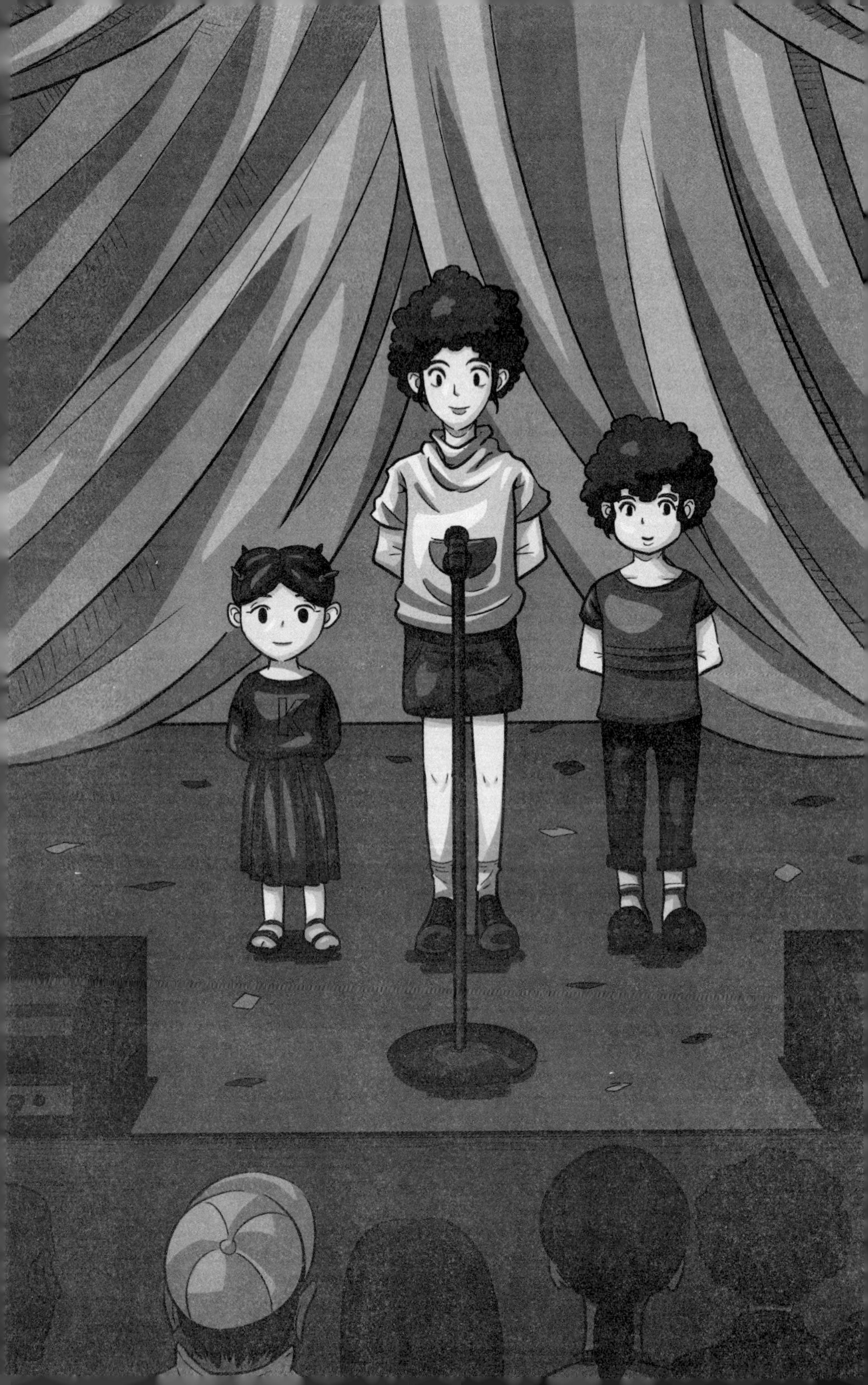

高无上》那样,抓住麦克风上前一步,清了清嗓子:"《我诞下一个黑人国家》,由我们的妈妈,黑人诗人恩兹拉创作。给所有的人民无尽的力量。"

人们挥舞着拳头,高声欢呼。也许是因为一个小女孩发出了惊人的声音,也许是因为这首诗的创作者是恩兹拉——要知道,恩兹拉已经是有名的政治犯了。沃内塔彻底消除了紧张,又如往常一样准备好好表现,好好锻炼口才了。大家都在为她加油。

下面我们的表演开始——

沃内塔:

> 我诞下一个黑人国家
> 从我的子宫
> 产下
> 这个黑色的存在
> 会被偷走
> 被戴上镣铐
> 被驱散

我:

> 我指挥黑色的武士
> 抗击不公的障碍
> 寻找倒下的
> 分割的

蒙蔽的
压制的
黑人勇士

弗恩：
黑色的海洋隔开我们
痛苦哀号
黑人的伟大
歌声
还在我的运河回响

三人一起：
听一个被偷走的
黑人国家
传来的回响
永远迷失
在他乡的海岸
盗窃不会赎罪
无法安抚非洲母亲

遗憾的是，塞西尔没能来现场看我们朗诵她的诗歌。我猜她不会喜欢沃内塔给她的诗歌加进去"黑人"二字，感觉就像加了辣椒调味。不过观众很喜欢。于是我们也在沃内塔的带领下，喊出"黑人"这个词。接下来的活动都很轻松，我们不停地说着，轮流朗诵着塞西尔的诗。

表演结束，我们该离场了。我和沃内塔、弗恩本该依次从舞台上撤离。可当我转身时，却看见弗恩还站在舞台中央，我准备过去要她下来，这时派特姐妹走了过来。

弗恩没有离开，她对派特姐妹耳语了几句。派特姐妹点点头，将麦克风对着弗恩的嘴巴，然后留下弗恩一个人在舞台上。

人们安静下来，大家都在等待，但是弗恩站着一句话也没说。我又想过去拉小弗恩，可穆昆布姊妹按住我的肩膀："戴尔芬，再等等。"

穆昆布姊妹不知道，作为弗恩的姐姐，我根本无法忍受看着自己的小妹妹独自站在这些人面前。他们会笑话她，冲她叫喊，让她下台，或者把她吓哭。

让人意外的是，弗恩并没有我想象中的那么脆弱，只见她握紧拳头说道："我妈妈叫我小女孩，但是这首诗的作者是弗恩·盖瑟，而不是小女孩。这首诗写给疯狂凯文，名字叫作《轻轻拍拍好狗的背》。"她清了清嗓子，念道：

疯狂凯文说，走开，猪。
疯狂凯文和每个人击掌。
警察拍拍疯狂凯文的背。
警察说，是只好狗。
疯狂凯文说，汪汪。
汪汪，汪汪，汪汪，汪汪。
因为我看到警察拍你的背。

疯狂凯文，

确实很疯狂。

接着，发生了两件事。实际上，是三件事。

第一件事：人们为弗恩·盖瑟欢呼。贾妮斯·安克通双臂交叉在胸前，告诉尤妮斯她不想上台，不想跟在弗恩后面跳舞，因为弗恩已经征服了大家。

第二件事：疯狂凯文不见了。他大概正在寻找一条逃离公园的捷径，不过黑豹党很快就包围了他。黑豹党知道弗恩说的是什么，而我和沃内塔过了很久才明白弗恩的意思。好在，有很多警察在场，他们会把疯狂凯文从公园带走。

疯狂凯文的故事很滑稽。如果不是他一直散布"种族主义猪"，弗恩就不会问他"这幅画有什么问题？"如果不问这个问题，他就不会被抓。我知道这和帕蒂蛋糕娃娃，以及他告诉弗恩应该爱谁也有很大的关系。

接着发生了第三件事。但是当时我并不知道。是一个月后，塞西尔在信中告诉我的。那就是，一个诗人诞生了，不是朗费罗①，而是一颗冉冉升起的新星。

---

① 朗费罗：19世纪美国最伟大的浪漫主义诗人之一。

# 31. 那又怎样呢

前来参加集会的人越来越多,我们看到塞西尔时,却无法挤到她身边拥抱她,不过我们依然很开心。我们为她重获自由而开心,为她能看到我们在舞台上朗诵《我诞下一个国家》而开心。多亏了沃内塔,人们现在把塞西尔的诗歌叫作《我诞下一个黑人国家》。曾经,我们打扰她创作诗歌或工作,就会让她非常生气。而现在却不一样了,即便我们在她的诗歌里加进一个词——黑人,她也没有意见,她还夸奖我们。她也不再戴着那副黑色的大眼镜,看上去感觉好多了。

塞西尔说:"戴尔芬,看到了吗?你得像沃内塔那样演讲,像她那样朗诵。"她好像还说沃内塔就是好莱坞的秀兰·邓波尔①。有了塞西尔的夸奖,沃内塔整个夏天都会很高兴,甚至到明年都还会偷着乐。

"谁和你说你能写诗?"塞西尔问弗恩。

"我不是写诗,我是诵诗。"弗恩说。

"是的,是的,是诵诗。"塞西尔一边说一边给她打着拍子。我们都笑了起来。不过塞西尔依然没有叫弗恩的名字。弗恩似乎没有留意,但是我注意到了。

妹妹们都受到了塞西尔的夸奖,我也等着她的夸赞。我不

---

① 秀兰·邓波尔:美国著名影星。

会像妹妹们那样欢蹦乱跳，我只会在心里欣喜若狂。作为三姐妹中最后一个被夸奖的人，我想跟妹妹们表现得不一样，我只是傻笑着来回走动着。

这时，一些集会组织者蜂拥过来找"恩兹拉姊妹"和"小恩兹拉"。他们表扬弗恩勇敢又聪明。组织者还给恩兹拉安排了发言的时间，请她讲讲"不公正的逮捕"，但是塞西尔婉拒了，有些疲惫地说："让我的女儿们来讲吧，她们会为我代言。"

沃内塔、弗恩和我抱住穆昆布姊妹和派特姐妹，告诉她们：我们在人民中心度过了愉快的夏天。她们则当着塞西尔的面表扬了我们，大加夸赞了弗恩的勇敢；赞扬沃内塔声音洪亮而坚定；对我的领导和协助则给予了肯定；还说希望我们明年能够再来。

接下来的集会都是关于休伊·牛顿和鲍比·赫顿的演讲。塞西尔说她不会留下来演讲，尽管她可以成为今天最闪耀的明星。

"你们可以留下来，和你们的朋友好好玩一下，明天你们就要飞回纽约了。"塞西尔说。

沃内塔和弗恩跟着贾妮斯和碧翠丝蹦跳着。尤妮斯和我则找了一个地方坐下来分吃薯片。我告诉她，我们明天就要飞回纽约了。她问我们还会回来吗，我说我也不知道。我提议我们做笔友，每个月互通一封信。

"你看到我了吧？"裕仁又用玩卡丁车的姿势跳到我们面前。

"我们看到你了。如果你跟电视上一样也弄坏几块板会更好呢！"尤妮斯说着，做出一个卡丁车被撞的手势。

"要不要试试我的卡丁车?"裕仁看着我问。

因为尤妮斯在场,我不知如何回答。看着自己的运动鞋,想到我的脚太大了,不像是一个六年级女生的脚,我的脸瞬间就红了。于是,我拒绝了他的提议。

"裕仁,你那么宝贝你的卡丁车,会让女生玩你的卡丁车?"我不知道尤妮斯究竟是在生他的气,还是在打趣他。

"是的,怎样呢?"

"你喜欢戴尔芬。"

我就像捶沃内塔一样捶了一下她的肩,不过她并没在意。她用手捂着嘴巴说:"戴尔芬,我真不敢相信,你喜欢裕仁。你和你的妹妹还有贾妮斯一样坏。"

我从未有过哥哥姐姐,也不知道如何回应。我不想否认,万一他真的喜欢我,我也不知道该怎么办。

尤妮斯还是不罢休,越说越起劲。"裕仁·伍兹,我真的不相信你会让一个女孩玩你的卡丁车。"

"那又怎么样呢?"

我像塞西尔一样似笑非笑。他可以说"我不喜欢她",或者"她太高了",或者"她长得太平常了"。他可以像我们班级的男生们那样说"即使世界上只有她一个女孩,我也不会喜欢她"。但是他说"那又怎么样呢?"就像在说"喜欢戴尔芬有什么问题吗?"

"那又怎么样呢?"我也跟着说道。

## 32. 永远十一岁

我把这次我们去旧金山旅行的所有事情,诸如嬉皮士、唐人街等,都告诉了塞西尔。沃内塔讲了高个金发白人把她当作明星,给她拍照——我知道塞西尔不会喜欢这个故事。弗恩则谈到了疯狂凯文和两个警察,还有海湾大桥,她不停地对塞西尔说,凯文总是说"种族主义猪",他自己却像一条被警察拍着后背的狗。塞西尔笑着夸赞弗恩:"你能看到这点,那你写诗也没问题了。"

我们询问了一些关于她被捕的事情以及成为自由战士的事,她淡淡地说道:"我一生都在为自由战斗。"她不提抗议标语,只谈自己作为人的权力,并为之而奋斗。她仅仅只谈自己,并未涉及其他人。

"我们把所有东西都按照你喜欢的样子放回去了。"沃内塔说。她急于表现,想得到更多的夸赞。

其实,关于收拾塞西尔厨房工作台的事情,我不想多说什么。不过要是她能说句表扬我们的话,而不仅仅只是点头,我们会更开心。

我们收拾着行李,除了明天早上要穿的衣服,其他东西都已经打好了包。很难相信,四个星期过得这么快。沃内塔和弗恩已经躺在了床上,我去厨房找塞西尔,只见她正坐在打印机旁,桌上放着零件。她手里拿着螺丝刀,正准备重新组装那些零件。

我推门的动作很轻,不过她还是知道我来了。

"我出来的时候,给你爸爸打了电话。"她头也没抬,"戴尔芬,你为什么不告诉他事情的经过呢?"

我站在那里,愣住了。我从来没有想到她希望我们打电话给爸爸。

"我们以为你很快就会回来。"

"我指望你给他打电话,告诉他发生了什么事。我觉得你能想到的,戴尔芬,你是最大的,也是最聪明的。"她一边说一边转动滚轴,依然没有抬头看我。

她说我聪明,却让她失望了——她从未表扬我,从未。

"爸爸会让我们回到布鲁克林,我没有照顾好沃内塔和弗恩,爸爸肯定很生气。以后奶奶又会在我耳边没完没了地说你的不是,只会——"

"戴尔芬,你等了七天却没有打电话给爸爸。七天时间,你一直在照顾沃内塔和弗恩,你不应该把这些都一个人扛着。警察逮捕我这件事,和你并没关系。他们来了,抓了我以及他们一直想抓的两个黑豹党。奶奶想说什么,就让她说吧,事情就是这样,你要做的只是打电话给爸爸。"

我的眼睛一阵刺痛。我受不了了,无论如何,我都必须把心里的话说出来。

"我只有十一岁，我什么事情都做，而且这些事情我必须做，因为你不在。我只有十一岁，但是我尽力了。我并没有逃避。"

我站在厨房，心想，塞西尔应该会狠狠扇我一耳光。但我并不打算躲闪。我闭上了眼睛。

事实却并不像我想的那样。我听到了金属碰撞的声音，睁眼一看，发现螺丝刀掉在打印机上。接着，她把螺丝刀放在桌上。

我不想再待在厨房，只想立刻消失。

最后，她冲地板点点头，说："坐下吧！"

我坐了下来，屋里一片安静。

一会儿，她又说道："我和我妈妈相依为命，直到我十一岁。"

我不习惯她看着我，不习惯她看着我讲话。她说话的时候，眼睛一刻也没有离开过我。

"一辆车撞到她，要了她的命，事情就是这样。之后，我姨妈负责照看我。为了照看姨妈家的小孩，我在婴儿房的地板上睡了五年。我姨妈宣布要结婚的时候，我十六岁。她说这么大的女孩待在她家看着她和一个男人生活不太好，还说这一切都是为了我的将来。于是，她给我做了难以下咽的三明治，给了我二十美分，就打发我走了。

"晚上我睡地下人行道，白天在图书馆读荷马和朗斯顿·休斯的诗。我试着藏在书架里，可总是被他们找到，然后被赶走。我连十五美分坐地铁的钱都没有,只好睡在公园长凳上。漂泊在外的时候,你根本没得选择,不管什么地方,只要能藏身就行。

"戴尔芬,你要知道,在街上睡觉对一个成年男人来说都不容易,对一个少女来说就更不容易了。不管她长得多高,个头多大,都是难以想象的。晚上我和自己说话,不让自己睡着,我默念荷马和朗斯顿·休斯的诗歌。我喜欢这些字句,它们的韵律、节奏能给我某种安慰和力量,能使我坚强地面对生活。

"可我一直在挨饿,最后病倒了。你爸爸在公园长凳上看到我。他和他弟弟在赫基默大街上有漂亮的公寓。他给我吃的,给我提供可以安稳睡觉的房间和床。要知道,自从我十一岁那年妈妈去世后,就没有在床上好好睡过一个觉,直到遇见你爸爸。

"路易斯从来都不烦我,除了做饭、打扫,还有帮他洗衣服,其他什么也不让我做。"

她停了下来,又继续道:

"第二年,我就怀了你。接着,又有了沃内塔。生你和沃内塔的时候,你奶奶都从阿拉巴马赶过来在公寓为我接生。她和我相处得不好,所以她总是没待多长时间就会回南方。

"后来,我生了最后一个孩子。我记得是星期五,要生的时候很痛苦,我只能躺在厨房地板上,等待她降生。"

她停了一分钟,才说:"生她的时候,你在场的。"

"我?"

"我在地板上,你扯着我的头发,就好像我是一个洋娃娃。你没有洋娃娃,也没有玩具。你说'别哭,妈妈,别哭'。那应该是我第一次听你真正说话。你从冰箱手柄上取了洗碗布,给你妹妹擦身体。"

我快要无法呼吸。

"之后,达内尔从学校回来了,其他所有需要做的事情他都帮忙做了。"

为什么我不记得弗恩出生的场景?不记得我让妈妈不要哭?不记得用洗碗布给弗恩擦过身体?这些记忆都跑去哪里了?

"你的生活看着艰难,戴尔芬,但是没什么不好。你爸爸给你的比我能给你的要好。"

妈妈噼里啪啦地给我讲述了她的过去——她是谁,她如何变成了塞西尔,等等。她给我讲的比我记忆中的还要多,比我能理解的还要多,比我能想象的还要多,也解答了自她离开后直到现在一直存留我心中的疑问。也许我的年龄还小,心智还不够成熟,不能完全听懂她说的话,但是生平第一次,我知道了许多关于自己的事情。我失去了什么,我错过了什么。没有人对我说,"不错,戴尔芬。"没有人跟我说谢谢。即使她跟我说了这些,我还是生气。也许我心中一直压着一股气,只是没有机会释放而已。

"奶奶说的是真的吗?你离开我们就是因为他们不让你给弗恩取名字?"

她沉默了好一会儿，我就当她默认了。我站了起来。

但是，她却说："我不能带着你，留下另外两个。你长得像你外婆，而且不哭不闹。你要求不多，你虽然不说话，但是你心里明白。可我一分钱都没有，我只知道我要走了。我给了沃内塔一块曲奇，她需要的就是这个。我给小宝宝喂了奶，然后我……"

我眼前浮现出曾经许多次闪现在我脑海中的画面。

"把洋娃娃放在弗恩身边，是我让达内尔去商店买回来的。我告诉你要好好地等着爸爸回来。然后我就离开了。"

她和我说了所有我想知道的事情。这么多的故事，我得仔细回味。

"我是因为一个名字离开吗？我得等你长大再解释。现在说这些你也不会懂！"她说着拿起螺丝刀，又在打印机上忙碌起来，"戴尔芬，我希望你一直都是十一岁的孩子，一直都是。"

## 33. 阿 芙 阿

"戴尔芬,沃内塔,还有弗恩,快起床啦!快点啦,你们三个要走了。"

谁愿意起床呢?谁都不想走。可塞西尔站在门口,又开始催促我们。

弗恩是第一个跳起来的。"嘿,她叫了我的名字。听到没有?妈妈喊了我的名字!"

塞西尔转转眼珠,离开了房间。

"她喊了我的名字!她喊了我的名字!"弗恩在上铺跳个不停。

"了不起,她也叫了我的名字呢!"沃内塔忍不住打击道。

"对我来说,真是一件大事啊!她经常喊戴尔芬,经常喊沃内塔,"弗恩说,"今天她叫了弗恩、弗恩、弗恩。"

她每说一个"弗恩",就跳一次。

沃内塔朝弗恩扔去一个枕头,但弗恩依然没能安静下来。

"那不是你真正的名字,不是她给你取的。"我说。

"是的。"

"不是。"

"是的。"

我们继续斗嘴,这次沃内塔和我站在一边。

"你的名字叫阿芙阿。"我说。

我一向不爱开玩笑。她们马上安静下来，齐声默念："阿——芙——阿"。

"得了吧，戴尔芬，我的名字才不是阿芙阿，我叫弗恩。"

"你的名字就叫阿芙阿，咱们三姐妹是戴尔芬、沃内塔和阿芙阿。习惯就好了。"我说。

弗恩握着小拳头朝我的肚子打了一下。她的拳头小小的，打在我肚子上一点儿也不疼，不过，她也没有觉得自己得逞了。

"去刷牙啊，阿芙阿。"我淡淡地说了一句。

"不用你们告诉她，如果我想让她知道，早就亲自告诉她了。"塞西尔开口说。

我不清楚塞西尔是在和我们开玩笑，还是嫌我们烦。我就当是前者了。以后的日子我也不必总是担心我们的妈妈会怎样了。我耸耸肩，开始低头吃早饭。

戴尔芬、沃内塔、阿芙阿和恩兹拉，这是塞西尔给我们和她自己取的名字。她从哪里想到这些名字，以及这些名字的真正的含义，此时此刻已经变得不重要了。重要的是，她爱我们。

我们坐了公交，又搭了两美元的出租车才到机场。一路上，我们都在取笑阿芙阿的名字。直到塞西尔说"够了"，我们才不再戏弄弗恩。当然，我和沃内塔还是止不住偷笑，弗恩却很抓狂。

到达机场，塞西尔给爸爸打了对方付费电话。她背对着我们，和爸爸聊了不止十五分钟。这个付费电话肯定会招奶奶不高兴，不过爸爸应该不会介意。

我们在一旁等着他们聊完。中途，一个白人男子经过，夸我们姐妹穿得可爱，想给我们照张相。

"可爱的姑娘，微笑！"那个白人男子说道。

我觉得他是好人。沃内塔正要调整她的发带，摆好姿势，不过被塞西尔阻止了。

塞西尔挡在我们面前说："她们不是供展览的猴子。"

那位和蔼的男士正要道歉，塞西尔制止了他。

"陌生人给你的女儿们拍照，你会怎么想？"她对那位男士说。

我为他感到难过，不过我也知道，塞西尔必须阻止，相信任何一个母亲都会这么做。

候机室的座位很舒服，我们一言不发地坐了将近半个小时。大钟上的指针慢吞吞地走着，有点儿像塞西尔用铅笔敲击的节奏。沃内塔一会儿拨弄着她的发带，一会儿拿手指绕着她长长的辫子。我无聊地跟着拖地的工人，人们拖着行李箱在他身边走来走去，有的人在找座位。我抬头瞅一眼大钟，又低头看一下自己的天美时手表。不久，扬声器里传来登机通知。

"走吧！"塞西尔说，我们便起身离开。

我们排队检票，以为塞西尔已经走了，可当我转身时，却看到她在不远处注视着我们。这种感觉陌生又美好。我微微一笑，不知如何回应，只好转过脸去。

沃内塔和弗恩拿着各自的机票，我担心弗恩把机票弄皱，

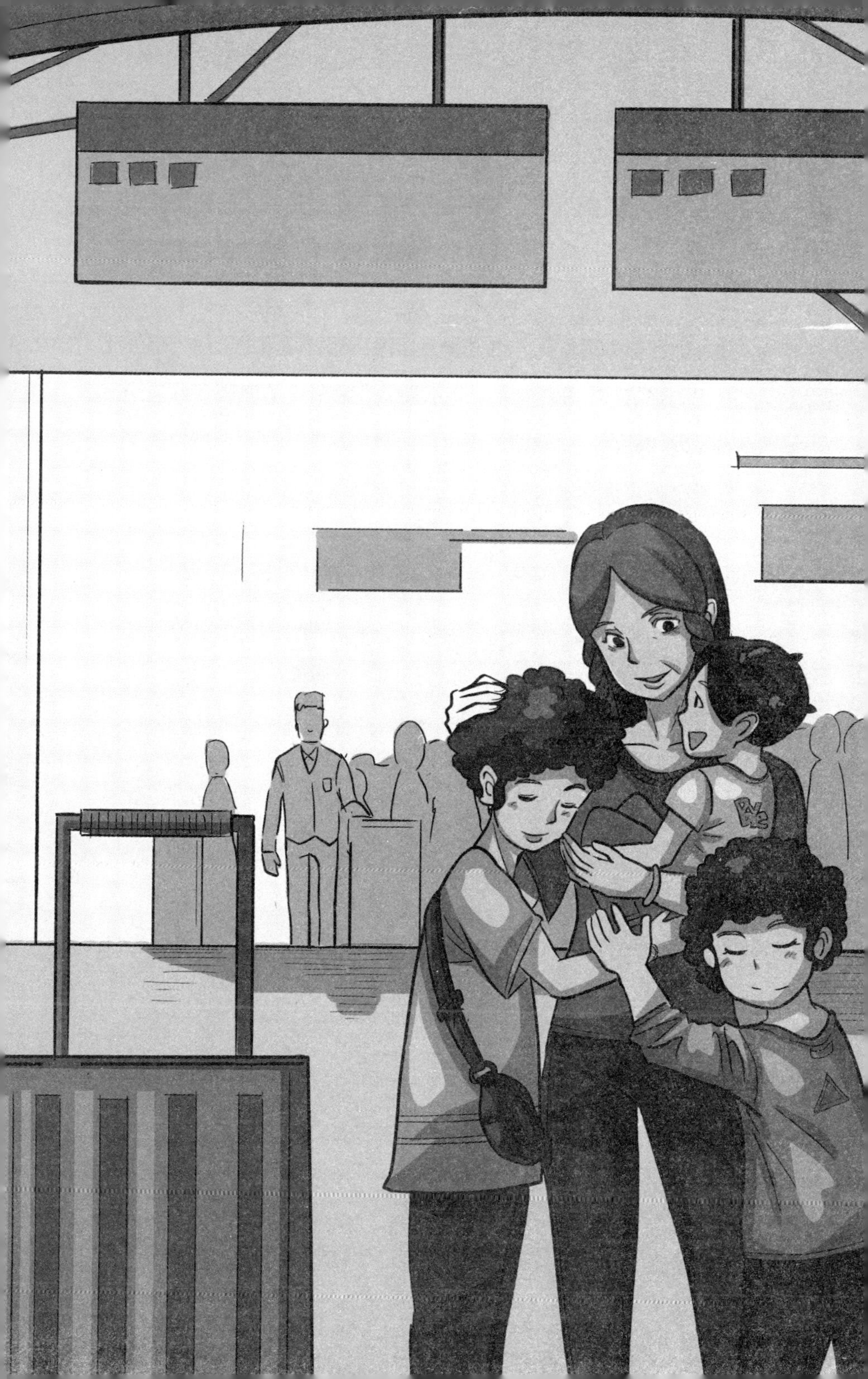

想要拿过来，谁知她却紧紧拽住机票，不肯给我。我们离检票口越来越近了，弗恩的两只小手握成了拳头，票在她手中揉成了一团。

她看上去很紧张，也许担心飞机在航行时撞上云层，也许在想念她的帕蒂蛋糕娃娃，或者是我们刚才一直拿阿芙阿这个名字开她的玩笑，她的气还没消。想到这儿，我不由想伸手安抚她一下，谁知她突然跑了起来，跑到塞西尔的身边，一下子跳到她的怀里。沃内塔和我也飞奔过去，我们一起抱住了塞西尔，同时塞西尔也紧紧抱住了我们。

我们到奥克兰就是来见妈妈的，我们离开时怎么就忘记了这次旅行的目的——我们需要妈妈的一个拥抱。只有弗恩记得，她带着我们一起拥抱了我们的妈妈，而我们的妈妈也拥抱了我们。

# 致　　谢

故事里有很多女人和女孩：我认识的女人们，我自小就读的诗人，少女时代的朋友。我笔下涌现的是这些一直激发我的人：埃西·美·柯斯顿·威廉姆斯小姐，我自己的"戴尔芬"——罗莎琳德·威廉姆斯·罗杰斯，拉莎梅拉·昆博，黛布拉·邦纳，露比·惠特克，还有许多其他未能提及的人。写作过程中我想到的诗人有妮基·乔瓦尼、格温德林·布鲁克斯、露希尔·克里夫顿、索尼娅·桑切斯和凯蒂·迈尔斯·昆博。

本书的出版离不开我的姐妹、拥护者和编辑：罗斯玛丽·布鲁斯南。

虽然故事是虚构的，但我参阅了这个时期的不少图书、文章及采访。如果不是大卫·希利亚德的《黑豹党内部新闻服务》，我无法以黑豹党时期的视角写这个故事，也不会知道当时的那种气氛。

我想把这个故事献给目击和参与这个时代变化的孩子们——是的，献给他们。